imagin8

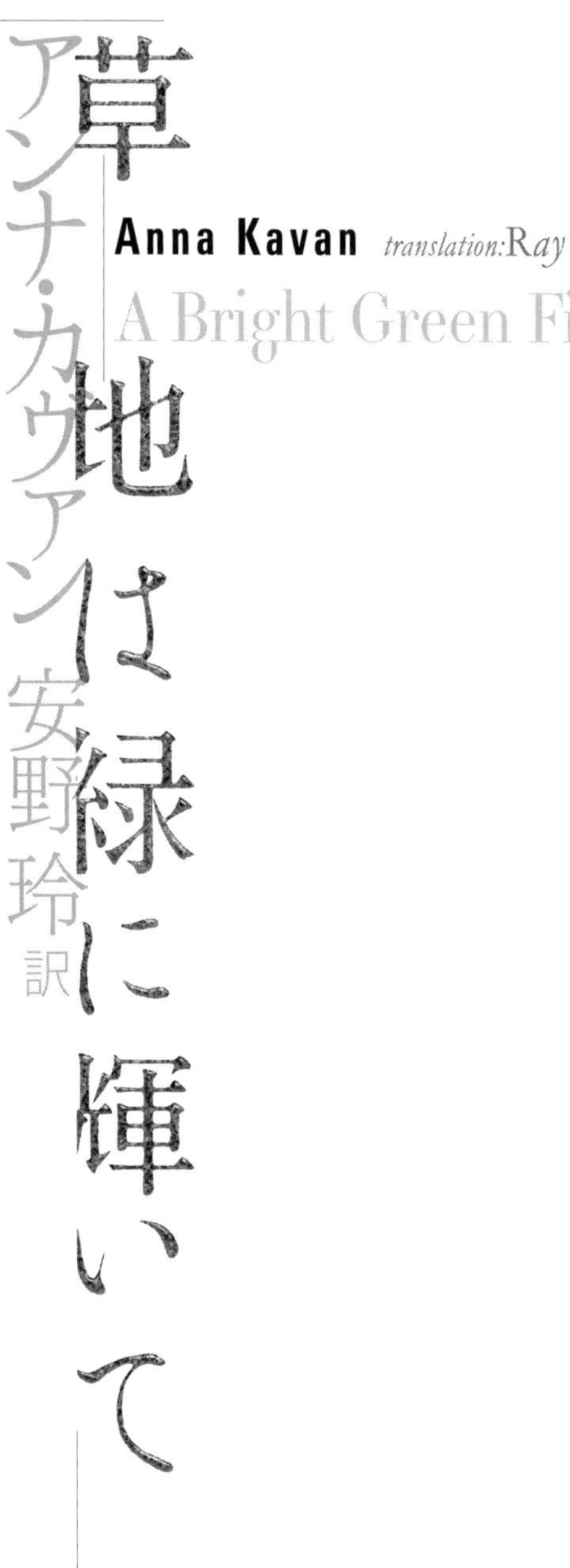

草地は緑に輝いて

アンナ・カヴァン
安野玲 訳

Anna Kavan *translation:* Ray Anno

A Bright Green Field

bunyusha
文遊社

+ra⌄Ɛ1§ gra§§ 6rigʎ+nƐ§§

+rain þrƐ¢aµ+iºn ðµ§k

an§шƐr§ ðarknƐ§§

6ºµnðariƐ§ ⌄i§iºn

§1ºþing ʎµм61Ɛ

§Ɛn§a+iºna1

iмþƐr¢Ɛþ+i61Ɛ þ1Ɛa§an+

§þƐ¢+a¢µ1ar §Ɛ¢µring

ʎiððƐn мµ+µa1

§+rikƐ§ ƒƐ11 þƐnƐ+ra+Ɛð

rƐa¢ʎƐð ¢ºnðµ¢+Ɛð

Ɛn+ai1Ɛð in§þirƐð

rƐ+µrnƐð iмaginƐ knºш§

草地は緑に輝いて　目次

草地は緑に輝いて

A B*right* G*reen* F*ield*

旅先でわたしはいつもかならず不思議な草地と出くわす。これはどうあっても逃れられない運命らしい。どんな旅だろうと、どこから出発しようと、最後はたいてい黄昏時にその草地があらわれて終わるのだ。草地といってもごく小さくて、斜面にあって、近くには黒い大木の森がある。

草地はいつも美しい緑だ。薄闇のなかでも、そこが光源だといわんばかりにまぶしいほど輝いて見え、なんだか草の葉一枚一枚が光を放っているようにさえ思える。まずたいてい心を奪われるのは、目の覚めるような草の緑だ。ややあって、その緑がじつは強烈すぎてちっとも目を楽しませるものではないことに気づき、どうして初めはそう感じなかったのかと首を傾(かし)げる。いったんそう感じるとこんどは、そもそも草が光を発すること自体が少々おかしいとしか思えなくなる。あんなにもこれみよがしにおのれの存在を主張する法はない。あそこまでまばゆい輝きは自然律における控え目な立場と相容れないばかりか、この草地は草が伸び放題だぞ——居丈高に、攻撃的に、轟然と茂っているぞ、と見せつけるものでしかない。

煽情的で不穏当といってもいいほどのその輝きは、いつも同じだ。季節によって移ろうどころか、まるで草の傲慢さを強調するかのように、草地のきらびやかさは揺るぎない。もっともほかの点では、その外観は時と場所でさまざまに変化する。確かに、かならず鮮やかな緑だということに加えて、草地はかならず小さいし、かならず斜面にあるし、近くにかならず黒い大きな森がある。とはいえ、大きさと色合いは相対的だから、輝く小さな草地や黒い大きな森のことが話に出ても、この人とあの人の頭にあるのが同じものとはかぎらない。同様に、斜面の概念もやはり千差万別だ。そしてこの草地に関するかぎり、絶対に水平ではないという特性は共通していても、斜面の勾配はびっくりするほどまちまちなのだ。

傾きが感じ取れなくて、ビリヤードテーブルに劣らず平らだと断言したくなることもある。場合によっては傾斜儀で角度を測って確認するまで、わたしも地面が完全に水平ではないと納得できなかったほどだ。そうかと思えば、そんな〝気づかない傾き〟と対照的に、ほぼ垂直に切り立って見えることもある。

まさにそういう切り立った草地を見たあの遠雷の夏の日を、わたしは決して忘れないだろう。あの日は朝早くから、延々と広がる埃っぽい平野を移動していた。列車のなかは息苦しいほど暑いうえに、外の景色は単調で色彩に乏しく、昼過ぎからはずっとうつらうつらして過ごした。やがて、ふと目を覚ますと、嬉しいことに松と岩に覆われた山の斜面が目に飛びこんできた。しかしほどなく、山で空が見えないような深い谷底の閉塞感は、のっぺりした平野に劣らず耐えがたいものだとわかった。

なにもかもが鬱々とくすんで見えた。名状しがたい色合いの斑模様の岩。すり切れるほど着古した黒いドレスかなにかのようにてらてらと黒緑に光る松——びっしり生えた葉は、ところどころが緑青めいた色に褪せ、腐蝕と頽廃を連想させるうえに、その硬くこわばったようすは光を吸収する性質を帯びた金属じみて、垂れこめる雲のあいまからときおり射しこむわずかな日の光さえ消し去ってしまいそうだった。線路はあちらへこちらへと曲がりくねっているのに、景色はまったく変わらなかった。そっくりな松の森と岩のかたまりがどこまでもどこまでも連なって、さっきまでの平野と同じ、陰鬱で不毛な単調さと生気のない寒々しさがそこらじゅうに瀰漫していた。

不意に列車が急カーブを切ったかと思うと、谷がひらけて、いくぶん見晴らしのきく場所に出た。と、真正面に、なだれ落ちる黒い森にはさまれて、切り立ったエメラルド色の壁が見えた。垂直にそそり立ち、宝石にも似たきらきらかな輝きを放ち、暗鬱な背景のなかでひときわまばゆく燃え立つ壁——例の草地だった。

一日じゅう仄暗いモノクロームの風景を見つづけたあとで、だしぬけにこの燃えるような輝きを突きつけられてわたしはすっかり目が暗み、その草地におかしな形の黒っぽいものが点々とちらばっていることにもすぐには気づかなかった。まもなく列車は目的地に到着した。折しも雲の切れ間から差しこむ夕陽の赤い光に照らされて、剣の刃を思わす草の葉の一枚一枚が炎さながら緑の光を放ち、今や草地はいよいよ明々と輝きわたっていた。

草地の全景は駅舎を出てもなお見わたせた。小さな町の背景にしては華やかすぎるほどだが、これが町でいちばんの見どころなのか、建物はいずれも控えめな高さで、草地を隠さないような位置に固まって建っている。列車のガタンゴトンにやっと邪魔されなくなって、じっくり観察しているうちに、さっき気づいたおかしな形の点々は、まばゆい緑に燃える草の壁沿いに半裸の人間が俯(うつぶ)せにぶらさがり、手足を大の字に広げているのだとわかった。全員が滑車に通したロープで壁に吊るされて、じりじりとひっぱりあげられながら、手にくくりつけた半円形のなにかの道具をくりかえしくりかえし打ち振るっている。痙攣するようなその動きは、クモの巣にひっかかって暴れるハエを思わせた。びくんびくんといかにも苦しげで、しかもあんなふうに四肢を広げたグロテスクな格好で滑車装置につながれてひっぱりあげられているところを見ると、あの人たちはきっと罪人にちがいないとわたしは思った。おおかたあれは昔からの風変わりな刑罰で、ああやって燃える緑の草地で晒し者にされているのだろう。だが、それは見当ちがいだった。

ちょうど通りかかった町の人が、輝く緑の上にくっきり浮かぶ謎めいた動きに釘付けになっているわたしに気づき、旅行者だと見て取ると、たいそう礼儀正しく声をかけてきて、あそこにいるのはご想像のような犯罪者ではありませんぞ、草刈り人だ、あの草地の草はいたって丈夫で伸びかたも尋常でなく早いのです、と教えてくれた。

わたしは驚いた。あの小さな草地は、たしかに見ようによっては町の一部だが、それにしても、たかが草をはびこらせないためにあんな苛酷な方法で草刈りをするとは――。どう見ても大変そうな作業ですが、あれでは草刈り人の健康と能率が損なわれるのではありませんか、とわたしは尋ねた。

おっしゃるとおり、あそこの連中は不幸にして手足ばかりか命まで危険にさらされている、無理をしすぎるせいでしてな、それに、度を超した筋肉の伸縮によって命綱が切れることも珍しくはありません、とその人は答えて、さらにつづけた。残念ながらあれに代わる草刈りの方法は今のところ見つかっておりません、なにしろ草地の傾斜がきついですから、これまでことあるごとに試してはみたものの、ふつうに立つのはおろか、手足をついて這うのも無理だったのです。むろん、適切な予防措置はすべて取っておりますぞ、まあいずれにしろ草刈り人は使い捨て、手に職のない最下層出の人間ばかりです。ごらんのような痙攣めいたあの苦しげな動きはあまりお気になさらぬように、あれはもっぱら物真似だ、今のやりかたが導入される前の初期の草刈り人のつらいようすを真似る伝統があるのです。今では作業も見かけほどきついものではありませんし、知恵を絞ってととのえた人道的環境のもとでおこなわれておりますよ。じつはあの仕事は不人気とはほど遠いと申し上げたら、興味をお持ちになるかもしれませんな。不人気どころか、むしろこの手の雇用形態としてはかなり競争が激しくなっている。そう、大きな栄誉と特典が与えられるのです。万が一にも命を落とせば、被災者の扶養家族には莫大な補償金が支払われるうえに、故人はかならず為来り（しきたり）どおりその場に埋葬される——古くからの風習でしてな。加うるに、遺族も漏れなくその特典を与えられることになっておるのですよ。

　いかにも事実を説明しているというふうな淡々としたその口調には説得力があった。それにもかかわらず、わたしはなんともいえない不安をおぼえながらなおも草地を見つめていた。怖いもの見たさとでもいうのか、距離があるせいで人間というよりは痙攣するマリオネットにしか見えない草刈り人たちと、奇怪にゆがむ動きそのものから、目を逸らすことができなかった。日が低くなるにつれて一連の動きはますます苦しげになっていくように見えた。狂おしいまでの焦燥に駆られて一心不乱にぎくしゃくと鎌を振るっているふうでもある。そのいっぽうで、草の緑は薄闇のなかどこか燐光めいた輝きを放ちはじめていた。

　だいたいどうして草刈りなどする必要があるのか——草が伸びたからどうなるというのか、そもそもどういう経緯でそんな昔に草を刈ろうと決めることになったのか、それを尋ねてみたくもあった。だが、大昔に確立された伝統のことをあれこれ穿鑿するのはためらわれた。誰もが当然のように受け入れているからには、なにか合理的なきちんとした根拠があって、こちらがそれに気づいていないということにちがいない——鈍いだの、感受性に乏しいだの、理解力に欠けるだのと思われるのはいやだった。ともあれ、そんなことを考えてぐずぐずしているうちにすっかり機会を逸してしまい、いろいろ教えてくれた町の人は、暗くなっていくことに突然気づいたとでもいうように、そろそろ失礼しますといいおいて、足早に去っていった。わたしがかろうじて口に出せたのは、丁寧な説明に対する感謝のことばだけだった。

　取り残されたわたしは、ざわつく気持ちをかかえたまま草地を見上げて、ひと気の絶えた通りに立ちつくしていた。さっきの人が去っていく足音はもう聞こえない。そのときやっと思い当たった――穿鑿を控えたのは、鈍いと思われるのがいやだったからではない、おそらく心のどこかですでに答えを知っていたからだ。わたしはいっときこの発見に気をとられていたが、しばらくしてから草地に注意をもどすと、痙攣するマリオネットの列はもう消えていた。

　それでもわたしは動かなかった。かすかに重苦しい気怠い気分に押し拉がれていたのだ。昼から夜に変わるこの時間はいつもそうだ。町が急に異様なほどがらんと静かに感じられた。わたしの与(あずか)り知らぬ集会かなにかに参加するために、町じゅうの人が建物に籠もってしまったとでもいうようだった。連なる屋根の向こうに、山がぼんやり暗くそびえていた。山肌を覆う松の森は隠れた谷へとなだれ落ち、その谷のところどころから立ちのぼる夕霧で、斜面は仄白く霞みはじめている。ただし、あの草地は別だ。あいかわらず緑まばゆく、はっきりと目についた。

いつしかわたしは濃密な静寂に耳を澄ませていた。不気味なしじまのなかに、雷鳴がとどろく直前にも似た不穏な兆しがうかがえた。どこからもなんの音も聞こえなかった。通りに動くものの気配はまったくない。闇が集いはじめているのに、明かりのひとつもまだ灯らない。早くも周囲の家々は明確な輪郭を失い、ひとかたまりに融けあって見えた。なにかを待って不安げに目を凝らし、息をひそめているようにも思える。霧と薄闇に色という色は拭い消され、形という形はぼやけてあやふやだった。そのせいで、凜と緑に輝くあの草地が驚くほど際立って見えた。消えてしまった昼の光を妖しいまでに留めおき、小さな長方形のなかに凝縮して、連なる屋根の上に浮かぶさまは、まるで華やかな緑の旗だった。

ほかではいたるところに見えない夜の軍勢が集結して、家々に押し寄せ、黒い木々の下に黒々とわだかまっていた。あらゆるものが息を殺して夜が来るのを待っていた。ところが、闇の前進は草地の外れで鈍り、ぴたりと止まった。あの燃えさかる緑が全力で行く手を阻んでいた。きっとすぐにも夜が攻撃を開始して、草地に押し寄せ、蹂躙するだろうとわたしは思った。それなのに、なにも起きない。ただ、草地が夜の侵略に対抗すべく無数の草の刃を構えた緊張だけが感じ取れる。あの草地の草にどれほど強大な力があるか、どうやって太古の昔からつづく夜の進撃を押しとどめることができるのか、わずかながらようやくわたしにもわかりかけてきた。さっき聞いた話から考えるに、あそこの草があんなにも傲慢に、強靱すぎるほど青々と育つ理由は想像に難くない――あの忌まわしい草地は腐敗を食らって肥え太り、一枚刈り取られるたびに数百、数千の、強く新しい葉の刃をいっせいに芽吹かせるのだ。

つぎの瞬間、群がり生える刃が――無数の刃、何百万何千万という草の刃が、絶え間なく増殖し、なにものにも抗えぬ超自然的な力で上へ上へ黙々と大地を切り裂きながら、一分刻みでさらに千倍にも数を増やしてゆく光景が、まざまざと目に浮かんだ。あんなちっぽけな草地ひとつに寄り集まり、自然の理をことごとく無視して、力強く破壊的に、破壊を糧に蔓延（はびこ）ってゆくさまの、なんという凄まじさか。はち切れんばかりの生命力を秘めた何百万とも知れぬ草、それが夜の侵略に抵抗すべく、戦う備えも万全に、びっしり群がり集っているのだ、槍のように、林のように、森のように。

漆黒の闇にも紛う深い夕闇のなかで、あの小さな緑の一画の輝きはいかにも不自然で、不気味だった。ずいぶん長いこと見つめていたせいか、やがて草地が震え、脈打ちはじめたように感じられた。それほど遠くからでも、途方もない生命力のうねりが脈動を速めるのが、実際に見える気がした。その容赦ない生気に、闇が怯えていた。いや、それだけではない。わたしの心の目には、はっきり見えた――あの草地がつねに全神経を研ぎ澄まし、草の生長を阻もうとする懸命の努力がゆるむ一瞬に絶えず目を光らせ、おりあらば境界という境界を越えて一気に芽吹こうとひたすら待っている姿が。

はっきり見えた――あの草地があたかも巨大な緑の死のごとく頭をもたげ、おのれが食らった腐敗で膨張し、あらゆる境界線を侵蝕し、あらゆる方向に広がり、あらゆる生物を滅ぼして、世界を輝く緑の棺衣（かけぎ）で覆いつくし、その棺衣の下で生きとし生けるものが朽ち果てるようすが。戦わねば、戦わねばならない、あの毒の緑と。切り払い、切り倒さねばならない、あの毒の緑を。毎日、毎時間、なにがなんでも。あの草の刃の狂暴な増殖を食い止める術は、ほかにはない。血で膨れあがり、邪悪に猛々しく茂り、毒気と復讐に燃え、凶悪な疫病さながらに、草が、草だけが地表を覆いつくすまであらゆる場所で、あらゆるものを覆いつくそうとするあの草の刃に対抗する手立ては、ほかにはない。たかが草がそんな力を持つとは、あまりにも奇怪だ、決してありえないことのはずだ。たかが草がこの惑星（ほし）の生物を脅かすなどということは、あらゆる自然の掟に反している。地面に這いつくばり、足元で踏みしだかれる定めの草が、どうしてそれほどの傲慢さ、それほどの破壊力で育つことができるのだ？　こんな考えはなにからなにまで突拍子もない想像だ、バカバカしいにもほどがある、おとぎ話だ、まともに取りあうまでもない、そう思いもする――こんな考えを信じたいわけがない。それでも……それでもやはり……ふと確信が持てなくなる……。遙かな昔になにが起きたか誰にわかる？ひょっとしたら、人知れず伝わる古文書に、なにかの事件が記されているのかもしれない……。あるいはもっと昔、文字での記録がまだ存在しない時代に、なにか常軌を逸したことが起きたのかもしれない……。今はもうなにひとつ詳らかではないなにかの変異が、遠い未来のこのときに、この緑の脅威を解き放った可能性は……充分にある。

なにを信じればよいか、そう簡単にわかるものではない。ただ、これが単なる妄想というのなら、吊るされた生贄の命をむさぼる草が、死で膨れあがり、生きとし生けるものを脅かすような、おぞましくも強大な脅威となってゆく光景が、どうしてわたしの心の目にこれほどはっきり映るのだろう？　そもそも、すべてが始まったとき、最初に存在したのはこの脅威か、はたまた生贄か。それとも互いに互いが必要で、両方同時に生じたか。そこにどうしてわたしが巻きこまれる？　わたしにいったいどんな関係がある？　なんの関係もないではないか。わたしにできることなどなにひとつありはしないのだ。そのくせ、この決して起きてはならないはずのことから、どうやらわたしは逃れられない運命らしい。今日や明日ではないにしても、そのつぎの日か、そのまたつぎの日か、黄昏時の旅路の果てで、草地は緑に輝いて、やはりわたしを待っているのだろう。いつものように。

受胎告知

Annunciation

目を覚ます前から、メアリは気づいていた――なにかおかしなことが起きている。一晩中、見る夢見る夢に、なにか恐ろしいものが忍びやかに出入りした。すうっと鳩小屋の上に飛んできて、翼の一打ちで通り過ぎたかと思うと、何分もたたないうちにふわりと舞いもどってくる鷹のように。その鷹の落とす影にも似て、音もなく逃れがたく。

いちばん最後の夢は恐ろしい水の夢だった。夢の水がゆっくりと家に入ってきて、しずしずと階段をのぼり、廊下を這い進み、ドアの下から流れこみ、徐々に部屋を満たして、ついにはひたひたとベッドに打ち寄せ、無数の冷たい口でメアリに触れ、指先や耳たぶをしゃぶり……。夢の危うさに、悲鳴をあげてしまったかもしれない。ほんとうに悲鳴をあげたならイーディスが来るはずだ。巨人女のように床を揺らし、乳歯を入れて棚に置いたガラスのコップをカタカタいわせて、のしのしと踏みこんでくるはずだ。

「また悪い夢ですか」イーディスはいつものようにそういいながら、乱暴に蚊帳をめくってこちらを見おろすだろう。機嫌が悪いときのイーディスは、柔らかいパンそっくりにもっちりと白くてしっとりした顔に刻んだ皺に埋もれて、目がなくなってしまう。「奥さまに聞こえたらどうするんです?

きっとお腹立ちになりますよ」

「悲鳴はあげてない。悲鳴はあげてない」目が覚めるなり、メアリはくりかえし自分にいい聞かせた。安心している暇はない。メアリはとっくに気づいていた――なにかおかしなことが起きている。悲鳴をあげるよりずっとよくないこと、口にするのも恐ろしいことが。なんなのかははっきりしない。わかるのは、それが何年も前、まだひとりで着替えができないくらい小さなころに起きた恐ろしい騒ぎを思い出させるということだけ。あれは一生でいちばん恐ろしい出来事だった。うっかりそれを思い出してしまって、メアリは枕に顔を押しつけた。その記憶を枕の下に隠そうとした。けれど、記憶は這い出てきた。真夜中の部屋で目覚める恐怖を、そう簡単に忘れられるわけがない。よく知っているものがみんな真夜中の顔に変わるのだ。あの恐怖が今あらためてよみがえる。ベッドから引っぱり出されたこと、洗いたての寝具の氷のように冷たくごわつく感触、叱りつける怒った声、永遠に止まらないように思えた自分の涙。いちばん怖かったのは、この部屋に立っていたおばあさまの姿だ。孔雀の尾羽が刺繍してあるドレッシングガウンをはおった、背の高い異様な姿。あなたはもう赤ん坊ではない、不潔なのは恥ずべきこととわきまえるべきだ、と告げる声。「おお、いやだこと!」おばあさまがそういうと、孔雀の尾羽の目という目がぎらぎらとまばたいた。夜に囚われた神秘の家を歩いてくるおばあさまのことを、おばあさまにいわれたすべてのことを、永遠に消えない恥ずかしさのことを思うと、メアリは今でも泣きそうになる。

「でも、あれは何年も前だもの。今はあんなこと起きるわけない。ぜったいあんなことするわけない」

そんなふうにメアリはどうにか自分を納得させたが、心の底ではもうわかっていた。

確かめようと、アッパーシーツを持ち上げる。とたんに、胸のなかで心臓が跳ねまわりはじめた。

「ああ神さま、どうしましょう」あけはなった窓からの光はまるで神の目のようで、耐えがたいほど明るかった。蚊帳の編み目の蜘蛛の巣が、メアリを羞恥で絡め取る。「ああ神さま、こんなことが起きるなんてあんまりです。ああ神さま」彼女は祈った。「どうかこんなもの消してください」

けれど、もう一度シーツの下を覗いてみても、それは消えていなかった。

ナイトドレスに包まれた体が火照り、べとべととして感じられた。胸のどきどきいう音が、窓の下で砂利を均す現地人の庭働き（ガーデン・ボーイ）たちの熊手の音よりうるさく響く。「決して土地の男に姿を見られてはなりませんよ」おばあさまは、大事なことをいうとき専用の勿体ぶった顔つきでそういった。「身支度が終わるまで窓には近づかないように」窓は高いところにあって、外を覗いても、見えるのは空に浮かぶ鳩小屋だけなのに。

メアリは跳ね起きて蚊帳を片側に押しあけると、洗面台に駆け寄った。濡らしたスポンジで何度も何度もボトムシーツをこすった。染みはまわりがにじんで薄くなったものの、消えてはくれなかった。

絶望が襲いかかる。「洗面台に持っていって石鹼で洗わなくちゃ」

マットレスにきっちり巻きこまれた毛布が頑固に押さえつけるボトムシーツを、メアリは死に物狂いで引っぱった。「急いで！　急いで！　イーディスが来ちゃう」体が震える。蠟燭のように真っ白な細い腕に、ちっとも力が入らない気がする。

「ちょっとうかがいますが、お嬢さま、いったいなにをなさってるんです？」

イーディスが部屋に入ってきた音は聞こえなかった。容赦なく問い詰められて、抑えきれなくなった嗚咽が口元を覆った片手の奥から漏れ出した。メアリはふりむき、女巨人の前の小人のように、涙の浮かんだ目で大女を見上げた。

「ああ、イーディス、どうしようもなかったの。あたしのせいじゃない。どういうことだかあたしにもわからないの」メアリはまくしたてた。怖くて、罪悪感でいっぱいだった。

メイドがシーツを見た。

「もう一度ベッドに入って、わたしがもどるまでじっとしてらっしゃい。これは奥さまにお知らせしてこなきゃなりません」

ドラゴンみたいにのしのしと、イーディスは出ていった。乳歯のコップが足音にカタカタと伴奏をつけた。

メアリはいわれたとおりにした。どう体を縮めても、スポンジでこすって濡れた染みをよけることはできなかった。じっとり冷たいシーツに寝るのは気持ちが悪かったが、言いつけに背くことや夜具から出て横になることは思いつかなかった。メアリはときおり震えながらも、あとは腕をまっすぐ脇に伸ばして、じっと仰向けのままでいた。涙が一粒、二粒と青ざめた頬を伝い、髪のなかにひっそり転がり落ちた。

イーディスは大きな館を足音高く傲然と歩いていった。ロング・ギャラリーの床を磨いていた現地人の召使いがおとなしく脇へ退く。白人のメイドはそれへは一瞥もくれずに大股で歩きつづけた。糊を効かせた実用一点張りの質素なドレスに身を包み、太い足首とフラットヒールの靴でどっしりと身を支え、イーディスは優美な部屋で直立不動の姿勢をとった。女主人はベッドのなかで体を起こし、ドレスデンのカップでコーヒーを飲んでいた。奥さまは孫がいるような年齢には見えない。染めた髪には美しいウェーブがかかり、血色のいい顔には皺ひとつない。かわいらしいレースのカーディガンをはおってそこにすわった姿は、いっそ少女めいて可憐なほどだった。

だが、イーディスの話を聞くうちに、奥さまの表情は険しくなった。

「まちがいないの？　あの子の年ではありえないように思えるけれど――幼すぎるでしょうに。いくつだったかしら？　十？　十一？　少なくともあと三年はこういう問題は起きないと思っていたわ」

「聞いた話では、ああいう人の――メアリお嬢さまのような方の場合、始まるのが早いとか」メイドは慇懃だが特権意識を持っていた。長年の側仕えで、立ち入った発言も許されていた。

「嘆かわしいこと。不愉快きわまりないわね」奥さまは眉をひそめた。「そうね、どうするのがいちばんいいか考えましょう。ああ、まったく、なんと悩ましいのかしら」女主人は小さな音を立ててコーヒーカップを置くと、可動式アームで動くベッドテーブルを脇へ押しやった。奥さまの朝食が台無しになってしまった。コーヒーも、銀のトーストラックに立てた上品な三角形のトーストも、もはや喉を通らなくなったのだ。「下げてちょうだい」奥さまは不快そうにいった。

イーディスはトレイを手に取って捧げ持ち、表情ひとつ動かさずに立っていた。話はまだ終わっていない。側に仕えて長いので、女主人の考えがだいたい読めるようになっている。「聡いお方だからね、奥さまは」と胸のうちでつぶやきながら、イーディスは慎み深く沈黙を守り、待った。そう、この手で染めた波打つ髪の下では頭が忙しく働いて、いちばんぴったりする角度を探り、右に左に向きを変え、あらゆる面から状況を吟味しているのだ――まるで新しい帽子を試着しているみたいに。

とうとう宣告が下された。「用心のうえにも用心しないといけないわね。出入りの現地人にはぜったい悟らせないように。大きな不幸を招く危険は冒せないわ。今後はメアリをひとりで外出させてはなりませんよ。いいえ、敷地から出さないほうがいいでしょう。会う人間は少ないほどいいわ、わたくしたちみんなのためにも。大きくなってきて、あの子があまり賢くないと——同じ年頃の子供とはちがうと、まわりも気づきはじめている。最近も一、二度、気まずい思いをさせられたのよ。でも、こういうことになって、かえってよかったのかもしれない。おかげであの子を人前に出さなくてすみますからね。そう、不幸中の幸いとでもいうのかしら」

女主人とメイドは心得顔で見つめあった。ふたりはまさしく以心伝心の間柄だった。

「あの子と話をしないといけないわね。お風呂の支度をしてちょうだい、イーディス」と、女主人はいった。

髪をセットしているあいだ、奥さまは無言だった。鏡に映ったその顔に、イーディスは苦々しげな、腹立たしげな、悲しげな色を見て取った。自分の娘のことを考えているのだ。

「メアリにもいくらか遺伝していたりするのかしら?」女ふたりのあいだに秘密はなかった。「おまえ、あの子が男性と話しているのを見たことがあって?　もしかするとジェイムズと——」

「ジェイムズは子供好きですから。メアリさまもときどき車庫のあたりに行っておられるようです」

メイドは口のヘアピンを一本取ってカールに挿した。

「やっぱり!　もう本性が出てきたのね。ジェイムズとも話をしましょう。まさかジェイムズがなにか焚きつけているということはないでしょうね?」

イーディスは口いっぱいにヘアピンをくわえた状態で可能なかぎり勢いよくかぶりを振った。「ありえません」あのお抱え運転手がここの使用人になってまだ日が浅いが、イーディスとしては、もうしばらくは出ていかせたくなかった。若くて見目よい白人の運転手はめったにいない。ここで口添えしておけば、奥さまの不興を買わずにすむだろう。「ジェイムズは立場をわきまえています」イーディスは声に力を込めた。「不埒な真似に及ぶことはないでしょう、ぜったいに」

「だったら安心だわね」奥さまはいった。「それでも用心するに越したことはないけれど」溜息をついて、奥さまはつけくわえた。

「奥さまがおいでになるまでお部屋から動かないでくださいまし。お話をなさりたいそうです」メアリの身支度をすませたイーディスは、そういいおいて足音高く出ていった。メアリはひとり取り残された。

メアリは待った。ずいぶん長いこと待って、そのうち怯える気持ちはほとんど消えた。すっかり消えたわけではない。なにしろイーディスが部屋に来ていたのだ。しじゅう疲れてふらふらする自分の痩せた体にとんでもない異変が起きたことは、忘れようにも忘れられなかった。イーディスの口調は怒っていなかったから怖くはなかったが、メアリが病気のときによく聞かされるいらいらした声音で、迷惑がられている感じがした。イーディスが部屋からいなくなると、メアリはほっとした。誰かといっしょのときは、その人を怒らせたり迷惑をかけたりしないようにいつも一生懸命がんばっているつもりだ。なのに、うまくいったためしがない。たいてい怒らせるか迷惑をかけるかしてしまう。ひとりでいるほうがいいのだ。おばあさまがお話をしにこなければいいのにと、メアリは願った。けれど、そんな願いを抱いたことに罪悪感と驚きを覚え、あわてて打ち消した。

今はもうきちんと服を着ているから、窓に近づいてもかまわないはずだった。窓は高いところにあって、床に立っているあいだは青い空と、昼の暑い盛りは鳩がいない鳩小屋と、下のほうに車庫の屋根がほんの少し見えるだけだ。窓台にのってやっと砂利の車回しと車庫の全部、犬小屋、車回しから門まで伸びる並木道の一部が見える。メアリはよじのぼって、またしても罪悪感を抱いた。こうすることについては、はっきりことばで駄目といわれたわけではない。窓台にいるところは誰にも見られたことがないからだ。それでも、駄目といわれるだろうとなんとなく察してはいた。メアリは部屋のほうをふりむいて、廊下の足音に聞き耳を立てた。

なにもかも静かだ。メアリは網戸に額を押しつけて外を見た。砂利はガーデン・ボーイたちの熊手が均したままの一糸乱れぬ細波を保っていた。今はまだ車に掻きまわされていない。鳩小屋の周囲の芝生では、白い鳩たちが苦しそうな格好で暑さにあえぎ、棚の上の壊れた置物みたいに、翼を半分だらりと広げて這いつくばっていた。アルザス犬たちの姿は見えない。過酷な夜の見張りを終えて、みんな犬小屋のなかに繋がれて眠っているのだ。ぎらぎらした陽光が焼印さながらあらゆるものを責め立てる。

やがて、車庫の奥の暗がりから男がひとりあらわれた。まぶしいばかりに白いシャツの胸をはだけ、袖を肘の上のほうまでまくった姿で、なにかを大事そうに両手でくるんで捧げ持ち、そろそろと歩いてくる。若い小麦色の襟元を太陽に嬲(なぶ)らせ、小麦色の顔を光に曝して近づく男を、メアリは息を詰めて見つめた。

「ジェイムズ！ ジェイムズ！」ネズミのように網戸の金網をひっかきながら、ネズミの鳴くようなかぼそい奇妙な声で、メアリは呼んだ。

ジェイムズは芝生の上で足を止めた。鳩小屋を支える一本脚の影がその姿を切り裂いた。まっすぐな黒い剣。男は若く、強く、整った顔を窓に向け、ウインクした。

「ジェイムズ、それなあに？ なにを持ってるの？」メアリは網戸にぎゅっと頬を押しつけた。金網に肌を焼かれても気づかなかった。

「雛だよ」ジェイムズが手を広げ、メアリに見えるように差しのべた。大きな手の平のくぼみで、白くて小さくてほわほわした羽毛の塊が震えていた。「ゆうべ落ちてたからもどしてやったんだけど、ちがう巣に入れちゃったらしい。今朝また落ちていてね。つつかれて大怪我してた。鳩ってのは、自分の子じゃない雛にはやるんだよ。手当したから、これからもう一度ほんとの巣にもどすんだ」ジェイムズは芝生の上で爪先立ち、いっぱいに手を伸ばすと、鳩小屋の外側に巡らせた足場の棚にそっと雛をのせてから、指で優しく巣穴のほうへ押しやった。

上から見おろすメアリには、恐怖に駆られた雛が幼い翼をばたつかせて虚しくもがくところも、日に焼けた指が目もないくせに見えているみたいに器用に動いて雛を巣穴のほうへ優しく押しやるところも、よく見えた。雛はまたひとしきりもがいてから、巣穴の奥へと消えた。

「これでよしと。でも、正しい巣にいるかどうかは、あとでほかの鳩がもどってからじゃないとわからない」汚れた両手をぱんぱんと払いながら、運転手は後ろにさがってふたたびメアリを見上げた。「しっかり見張ってて、雛っ子がまた放り出されたら教えてもらえるかな？　でもまあ、それでどうにかなるわけじゃないんだけどね。こんどは助からないだろうから。まったく残酷なやつだよ、鳩ってのは」

若い男はふたたびウインクすると、くるりと背を向け、短い影をひきずってすたすたと歩き去った。足元の砂利が小気味よい音を立て、肩がダンスめいたリズムでかすかに揺れる。こちらをふりむくことはなかった。

　車庫の入口がジェイムズを飲みこむまで見送って、メアリは窓台からすべりおりた。ちょうどそのとき、誰かがドアをあけた。

「あらまあメアリ、なあに、その顔！　片側だけ真っ赤じゃないの」

　おばあさまだった。白いハイヒールの踵を鳴らし、部屋を突っ切ってつかつかと近づいてくる。白地に薔薇を散らしたドレスを着ていた。きれいなドレスで、それを着たおばあさまは、一階に飾ってある人形そっくりだった。触ってはならない磁器の人形。いつもながら、おばあさまは怖いくらい若々しくて、冷たくて、触れるのがためらわれるほど完璧だった。磁器の人形のように。指輪をはめたおばあさまの冷たい指が、網戸に押しつけていたメアリの頬に触れた。

「あなた熱いわよ。熱があるんじゃないの？　ベッドに入っていないとだめでしょうに。さあ、横におなり。おばあさまはそばにすわりましょうね」

　教えられていたとおりまず靴を脱いでから、メアリはおとなしくベッドに入った。後ろめたかった。窓台にのぼっていたからだ。なにをしていたか知られてしまったかもしれないと、メアリはどきどきしながらちらりと横目でおばあさまのほうを見やった。だが、薔薇のドレスはベッドサイドの椅子に落ち着いて、優雅な襞の扇を広げているだけだった。

「あのねメアリ、少しいいにくいことをいいますよ。楽しい話ではないの。でもあなたは分別のある子だから、よく聞いて、ちゃんと聞き分けてちょうだい。そのあとは、この話は二度と口にしてはなりません」

どういう意味かしら？　なんの話なの？　おばあさまの顔は怒っているみたいに強ばって険しかった。ちがう、怒っているはずがない。メアリの手を取っているのだから。けれど、おばあさまの指は怒っていた。きつく冷たくメアリの熱い手をつかみ、しっかり握りしめている。がっちり閉じた罠のように、指輪が皮膚に食いこんだ。優しい感じのしない優しい行為に、メアリは戸惑いを覚えた。白くて柔らかいおばあさまの手。どうして罠みたいな気がするの？　戸惑いに恐怖が忍びこみ、メアリは手を引っこめたくなった。手がぴくりとひきつる。固い指がいっそうきつく締めつけた。

「いいことメアリ？　聞いている？」

「ええ、はい、おばあさま」それがほんとうではないことがおばあさまに知れませんようにと祈りながら、メアリは思わず大きな声を出した。成長することと、大人の女性になることと、大人の女性が知っておくべきことについての話に、メアリは必死で集中しようとした。けれど、昼日中にベッドにいるうえにおばあさまが手を握って放してくれないという奇妙な状況のせいで、さっきからずっと頭が混乱していた。ダイヤモンドの歯がぎらぎら光る。これが手に噛みついてさえいなければ、もっとちゃんと話が聞けるのに。

「でも、それはどういう意味？　あたしとどんな関係があるの？」鳩小屋の棚にのせられた鳩の雛のように、突然メアリは恐怖に襲われた。「あたし、小さい女の子なのに！」今までいわれつづけてきたのだ、「小さい女の子はこれをしないといけません。小さい女の子はあれをしてはいけません」と、何度も何度もくりかえし。いきなり同時に大人の女性になれるわけがない。メアリの手は今や激しくひきつっていた。どうしてもおとなしくさせておけなかった。

「そのもじもじをおやめなさい！」

手が優しいときついの中間くらいの強さで叩かれて、ベッドカバーの上に放り出された。メアリはその手を反対の手でさすろうとして、危ういところで思いとどまった。自分の手がまた自分のところにもどってきてほっとした。おかげで少しは怖くなくなった。このあいだモナと会ったことを覚えているかとおばあさまに訊かれたときは、すぐに「はい」と返事ができた。もちろん覚えている。モナの大きい黒い笑顔と紫のバンダナを思い出して、メアリも笑顔になりかけた。

「モナはね、赤ちゃんが生まれるの。だからあんなにおなかが大きくなったのよ。大人の女性は油断していると、あんなことになってしまうの。あなただってああなるかもしれないんですよ」

メアリはぱっと顔をそむけた。また怖くなってきた。ことばの意味はたいしたことがなかったが、声が怖かった。さっきまでとぜんぜんちがう。なんだかすべてが変わっていくように思えた。悪い夢を見ているみたいだった。

「あなたの年齢でどうしてこういう苦労をさせられないといけないのかしらねえ。女の子はたいていもっと年がいってからこうなるものなのに――少なくとも、白人の女の子は。ほんとうにニガーと同じ――おお、いやだこと」

おばあさまは急に立ち上がって部屋を歩きまわりはじめた。声も、顔も、なにもかも、別人のようで恐ろしかった。いつものおばあさまとはまるでちがう。しかも、同じ話をもう一度くりかえした。恥ずかしい、忘れようのないことばが、またしても口に出された。メアリの目に涙が浮かんだ。涙の向こうで部屋が膨らんだり縮んだりして見えた。

「あなたのせいだとはいっていませんよ。責めているわけではないわ。泣くことはないでしょうに」

おばあさまはいった。

けれど、いったん泣きはじめると、こらえられなかった。メアリの意志とは関係なしにぽろぽろと涙がこぼれた。メアリはポケットのなかを探ってハンカチーフを取り出した。けれど、ぬぐってもぬぐっても涙はどんどんあふれてきた。揺らめく霞ごしに、薔薇模様のドレスが近づいてくるのが見えた。涙を払おうとまばたくと、薔薇の無数の花芯が孔雀の尾羽の無数の目のように、ぎらぎらとまばたきかえした。

「さあメアリ、いい加減しゃんとなさい。大騒ぎするようなことではなくってよ」

優しくて優しくない声は、がっかりして聞こえた。「また手を握られたら、悲鳴をあげてやる。あんなのがまんできない」とメアリは思った。思ってから、ショックを受けた。自分のなかにそんな意地の悪い心があるとは想像もしていなかった。

「泣くのはおよし。あなたのことはおばあさまがきちんと面倒を見ます。あなたはいい子でいて、いわれたとおりにしていればいいの。どんなことからもおばあさまが守ってあげますからね。あなたのかわいそうなおかあさまのためにも。それがおばあさまの義務ですもの。あの子も、もう少し厳しく育てていれば、あなたの父親と結婚するようなことにはならなかったのにねえ。それにあなただって――あなただって、こんなことにはならなかった……」

無数の目が離れていく。おばあさまはまた部屋を歩きまわっていたが、やがて、ベッドの足元で立ち止まった。

「ひとつ約束してちょうだい、メアリ。とても大事なことよ。いいこと、おばあさまがそばにいないときは誰とも話さないし、イーディスかおばあさまといっしょでなければ外へは出ないと約束してほしいの。あなたはほかのお宅のお嬢さんたちとは少しちがいます。男の人はけだものですからね。

ときにはそこに付けこもうとする輩も――あなたも不思議に思っているのではないかしらね、どうして学校に通わせてもらえないのか、どうして同じ年頃のお友だちを持たせてもらえないのか。それはね、あなたのためなの。おばあさまはあなたにいやな思いをさせたくないの。あなたはお屋敷を離れたことがないわよね。ここではみんな親切で、あなたを大事にしてくれるでしょう？　外の世界がどれほど残酷なものか、あなたは知らない。想像もできないでしょうけれど、外の人たちはきっとあなたを傷つけるわ。だから、誰とも話さないと約束してちょうだい。ジェイムズともよ。もし話しているところを見つけたら、すぐにジェイムズをお払い箱にしますからね」

メアリの頭のなかでは、いろいろな考えが馬跳びをしているみたいだった。ひとつを捕まえようとすると、とたんにそれはぱっと消えて、別の考えがそこにあらわれる。あの鳩の雛の姿が目に浮かんだ――ほわほわした羽毛のあいだに桃色の地肌を覗かせ、恐怖に駆られて虚しく羽ばたく雛の姿が。

「さあ、『約束します』とおっしゃい」

「約束します」メアリはいった。

「そうよ、いい子ね！」急におばあさまはにこにこしはじめた。声がいかにも情のこもった調子になった。「ほんとうに運がいいと思わないこと？　こうしてあなたの面倒を見て、あなたのことをよくわかっているおばあさまがそばにいて。それに、こんなすてきなお屋敷とお庭で暮らせるのよ――

外にも出ないでいいんですからね。そうだわ、あなたには新しいお部屋をあげましょう。ここよりもきれいなお部屋よ。お屋敷の反対側の、お花だけしか見えないところに。睡蓮池を見おろせるお部屋はどうかしら？」

「鳩が見えるのがいいわ」メアリはいった。けれど、おばあさまには聞こえなかったらしい。

「お立ちなさい」おばあさまはいった。「わたくしの大きな女の子をよく見せてちょうだい」おばあさまはメアリの手を取って、ベッドからおりるのを手伝った。

「靴が！」メアリは抗（あらが）った。靴下をはいただけの裸足なのに、おばあさまは気づいていないのだろうか。そのまま手を引かれて姿見の前へと連れていかれた。おばあさまはメアリの胸に触れた。

「このドレス――もうきつくなってきているでしょう？　すぐに新しいのを用意しないとね。ブラジャーもよ。イーディスに見繕わせましょう。なるべく平らに見えるようにするんですよ、同じ年頃の女の子とちがうことが、みんなにわかると困りますからね。これはできるだけ隠しておかないといけないの」

こんな恐ろしい夢、終わってくれればいいのに！　夢のなかで泣いている自分の、ひきつるような呼吸が大きく響く。メアリは自分の姿を見た。たちまち呼吸が、なにもかもが、止まった。鏡の上のほうに映る、とても人間のものとは思えない、悪夢そのもののおぞましい丸いもの。胸。丸くて醜くて途方もなく大きい。その胸の奥のほうで、まるで牢獄から逃れたがっているみたいに、心臓が激しくのたうち、痛いほど高鳴っていた。苦しくて鏡を見ていられなくなった。目を閉じる。急に、別の暗い場所にいるように思えた。そこでなにかが怯えてもがいていた。むせび、震える命が、助かりたいとあえいでいた。

お茶に呼ばれていたふたりの婦人はさほど裕福ではなく、自家用車を持っていなかった。ビュイックで家まで送らせようと女主人が申し出ると、ふたりは「まあ、それはご親切に」「恐れ入ります」と、さえずるように声をそろえた。ビュイックが太い白いタイヤで柔らかく砂利を踏みしだき、なめらかに正面玄関へと近づいてきた。富と権力の象徴である長く優美で艶やかな自動車は、客人たちを魅了した。ふたりは女主人とともに扉の前で紫陽花の鉢に囲まれてたたずみ、ひとしきり自動車を愛で、紺のジャケットに白い帽子で海軍士官も顔負けにりゅうとした見目よいお抱え運転手を愛でた。

ふとなにかに注意を引かれ、客人たちは目を上げた。豪壮な館の二階にある一室の窓際で、囚われの小鳥が半狂乱で暴れてでもいるような、なんとも忙しない動きがつづいていた。目を凝らすと、窓台にうずくまり、白い顔を網戸に押しつけた小さな姿が見て取れた。

「ジェイムズ！　鳩の雛が——また落ちてるの。助けてあげて！　ジェイムズ！」

今にも泣きだしそうな切羽詰まった奇妙な声が、窓辺から降ってきた。

エンジンの唸りに包まれて、運転手は気づかなかった。客人たちは、運転手から紫陽花に囲まれた女主人へと目を転じた。その顔の強ばりようから察するに、今しがた目撃したものは、来訪者の耳目に触れさせるつもりではなかったらしい。客人たちは如才なくなにも気づかなかったふりをして、かぼそい声で暇を告げると、そそくさと車に乗りこんだ。

車はただちに動きだした。車内でふたつの頭が同時に館をふりむいた。窓辺の人影が、後ろから巻きついた途方もなく太い腕に体ごと抱え上げられ、視界から消えた。日除けがおろされる。窓の目から命が消えた。

ビュイックはスピードを上げ、またたく間に客人たちを門へと運んだ。ふたりはしばし訳知り顔で見つめあった。

「あれがそうなのね！　お孫さんのお守り役——巨人のように体の大きなメイドというからどんなかしらと思っていたら……まるで看守じゃありませんの」客人のひとりがお抱え運転手のしゃんと伸ばした背中をそっと見やり、そちらに聞こえないよう声を落として、連れに向かってささやいた。

幸福という名前

Happy Name

父がひとり娘に幸福を意味するレティシアという名前をつけたとき、まさか不幸を招くつもりでいようとは、当のミス・レティには思いもよらないことだった。ともあれ本人は短縮形のほうが好きで、かつての家では誰もがそちらを使っていた。その呼びかたを聞かなくなってすでに久しいが、今もかならず彼女は夢にミス・レティとして足を踏み入れる……いつもバスケットに夏の花を摘んで庭からもどり、暗く古めく格式張った部屋から部屋へと、吹きこぼれる虹のように飾って歩く。

背後で閉じた扉がきらめく陽光を隠し、鉾槍（ハルバード）から垂れる陰気なタペストリーが閉じた扉を隠すと、仄暗い玄関ホールの奥にかかった鏡のなかで、ミス・レティはフラワーバスケットを手にした背の高い青白い少女と向きあっている。ロングスカートが背の高さを際立たせ、硬いスタンドカラーが細い首を引き伸ばして、なにやら仲間と逸（はぐ）れた首長鳥が、そっと物陰から歩み出てこちらを覗いているふうでもある。細長い窓と黒みがかった鏡板の壁は、真夏の真昼でさえも、この玄関ホールを真っ暗な洞窟に変えてしまう。まわりの部屋と同じように、ここを埋めつくすのは影と、そして、鍾乳石さながらここで生え育ったかに見える、大きく重く、か黒（ぐろ）く年古（としふ）りたものたちだ——巨大で動かぬ黒ずんだ家具と色褪せたブロケードのカーテン。どっしりした額におさまって壁から睨みつける、何枚もの誰ともわからぬ肖像画。昔の武器。埃まみれでぼろぼろになった異形の獣たちの首は、あるいは荒々しく、あるいは悲しく、あるいは責めるようなまなざしばかりが生時を髣髴させる。けれど、余所者ならば死にかけた不気味な場所と見なしそうなこうしたすべても、ミス・レティには代々住みつづける館の不変の親しみやすさとしか思えない。世界のほかのどこでもない、ここそが、彼女の属する場所なのだ。彼女はまわりとひとつになり、穏やかな心持ちで部屋から部屋へと歩きまわって、どこを最初に飾ろうかと思案する。

　もちろん、おとうさまの書斎は駄目。館の主(あるじ)は、部屋を飾る万華鏡のような花々には関心がない。いや、そもそも花に関心がないのだ。ただし、庭の花は別だった。花は庭にあるべきだから。どうしても花を屋内に持ちこむのなら——そんなふうに、男にありがちな尊大さで、女にありがちな気まぐれに調子を合わせ、そこは譲歩して父はいったものだ——少なくとも種類と色をそろえて上品に飾りなさい、けばけばしい色の氾濫はいけないよ、そんなものはジプシーのキャラバンにしか似合わない。

　ミス・レティは後ろめたそうにちらりとバスケットを見下ろした。ポピー、ヒエンソウ、オダマキ、マリーゴールド、ヒャクニチソウ、シャクヤク、フウリンソウ。見苦しくも色彩豊かなごたまぜで、バスケットはあふれんばかり——いや、気づけばほんとうにバスケットからあふれ、どうしようもないほど絡まりあったヤグルマギクとマツムシソウが床にこぼれ落ちている。ミス・レティはあわてて花を拾い集めた。ところがそれをバスケットにもどしたとたん、こんどは別の花が存在を主張するように華やかに、注意を引こうとするようにわざとらしく、ばらばらとこぼれ落ちて秘密を暴きたてた。

今にも影のなかから父があらわれそうな気がして、急に不安を覚え、あたりを見まわす。父が自室を離れることはめったにないが、突然、やめろと咎める気配を感じた。これまで何百回となく太陽の下の色とりどりの花で館を飾ったミス・レティだが、とりあえず父だけの聖域を避け、それでなにも悪いことはないと思いこんでいた。それが今は、父の目を盗んでやっているような気がして、羞恥心に襲われた。子供時代のことが、育ちのよい人間には考えられないごまかしという下賤な罪に対する父の激しい叱責のことが、よみがえる。フラワーバスケットの中身が、もはや罪なきものどころか、厄介なもの、すぐにも捨てるべきものと化す……が、どうしたものか、これが自分の手ではどうにもならないことのように思えた。

ふたたびミス・レティは青白い鏡の顔と見つめあった。目ばかりが、細長い首の上にそっとのっている。不意に、不安げに、その顔がすばやく横を向く。書斎の扉があいた。夢特有のわけのわからぬ恐怖にかられ、彼女は声を出すことも動くこともできない。わたしは罪人(つみびと)、燃え立つフラワーバスケットを手にして後ろ暗い行為に及んでいるところを見咎められた……。背の高い堂々たる体軀の男性の、権力者然とした人を寄せつけぬ雰囲気にどことなく畏怖をおぼえ、そちらを見やる勇気もなく、ミス・レティは無数の花にひたすら視線を注いだ。つぶれた花が何輪か、罪を告発する色鮮やかな花びらを足元に散らしている。自分がなにをしているかほとんど意識もせずに、彼女はひざまずいて花びらを集めはじめた。ぎごちなくかき集めては、優美で儚い切れ端を、震える両手でにぎりつぶす。厳正の権化さながら目の前に立ちはだかる背の高い人影の存在を痛いほどに意識させられ、気まずい気持ちは弥増(いやま)すばかりだ。その場にかがんだミス・レティ、その姿はさながら男に救いを求める賤しき女……。

「まだ子供だな……きれいな花で遊んで……」

正しく聞き取れたと思っていいの？　おとうさまは怒っていないの？　けっきょく機嫌を損ねずにすんだということ……？　厳格で感情を出さない父に、こんなにも穏やかでおどけた話しかたができるものなのか。しかも、あろうことか父の手がおりてきて、心なしか父親らしい慈愛を込めて彼女の髪に触れたままでいるではないか。夢のようなこの時間、ミス・レティはどうしてもそれをそのまま信じる気にはなれなかった。

「きれいな髪だ、レティ……。細くて柔らかい髪……」かすかにレモンの香りを漂わせる手がミス・レティの頭を包みこみ、きちんと結んだリボンを指がそっと押しやって、豊かな鳶色のウェーブ越しに骨の形をなぞった。「美しい頭……小さい上品な頭……。わたしの自慢の娘……」

もはや疑うべくもなかった。思い違いの可能性はない。有罪を確信して父の足元にひざまずいていた信じがたい時間を突き破り、突如として愛が押し寄せてくる。魔法で解き放たれた精霊（ジン）さながらに、愛はどこまでも膨らんで、途方もなく圧倒的な大きさで、ふたりの上にそびえ立った。ミス・レティは小ネズミのようにじっとして、ぴくりとも動かなかった。わずかな動きでこの奇跡のような儚い泡沫（うたかた）の時間が壊れ、宝物が――父の愛というめったに授かれない貴重なものが――失われるのが怖かった。

「いや、もうわたしの小さな娘とはいえないな。立派な若いレディだ……老いた父のことなどじきに忘れてしまうだろう――疎んで離れていくだろう……」

その声音は純粋におどけたふうとはいいがたく、非難がましい響きを隠さない。そもそも隠すつもりもない。それがミス・レティには耐えがたかった。おまえには自立を貫くどころかこの父を傷つける力さえあるのだぞと、いちいち当てこすられているようで、切なくて、すぐには受け入れがたかった……おとなしく従うだけの子供時代に、こんなふうにいきなり、前触れもなく終わりが来るとは……なんと恐ろしいことか。父のシグネットリングが髪に絡まる。ミス・レティは息を呑み、片手を上げると、かろうじて感じるその痛みをよすがに、ひどく混乱した感情を断ち切ろうとした。

しかし父は、想像を絶する孤独を味わっているのか、なおもほほえみながらいい募った。「ならば、どこにも行かないと約束を……老いた父をひとりにしないと約束を……」

すばやい修正が施され、こんどはミス・レティも、父と同等に近い責任ある立場への輝かしい前進を受け入れることができた。同時に愛の波が雲のように沸き立ち、疑う余地も残さずに、目映いばかりの建造物でたちまち世界を埋めつくした。おとうさまがわたしを必要としている……なんと甘美な贈り物……悩みなき子供時代に享受した庇護と特権を、ミス・レティは嬉々としてその贈り物と交換した。「もちろんよ……ひとりにするわけないわ、ぜったいに……」そのとき不意に、言質を取らねばならないと父が考えていたことに女としての憤りを覚えた。精霊(ジン)はしおしおと萎んでゆき、ふたたび封じられた。魔法の時間は過ぎ去った。

それでもミス・レティは、自分の新たな境遇になおもしばし酔い痴れた。馴染んでくると、それは大人であることの重みを感じさせてくれて、心ゆくまで味わわずにはいられなかった。ふと気づくと、いつのまにか父の姿は消えていた。

おとうさまは書斎にもどっただけだわと、何度も自分にいい聞かせたけれど確信はなかった。不意に説明のつかない不安が頭をもたげる。おとうさまはどこかの部屋にいるはずよと、ミス・レティはくりかえした。でも、そもそも家にいなかったらどうしよう……。「さがしにいけばいいわ」と、心を決める。はっきりさせなくては。そのまま二歩、三歩と進んで、池で魚をさがすサギのように、用心深く前方の影を覗きこむ……そこでためらいがちに足を止めると、不安な視線をすばやく四方に投げた。この館に変化が入りこむのは不可能なはずなのに、どこかが変わった気がした。もはや心から穏やかな気持ちではいられなかった。夢見心地でいたわずかのあいだに、なにかが起きたらしい。とりかえしのつかない、ほかのすべてに影響するようなことが……なにもかもが前とまったく同じとはいえなくなっていた。いや、もう二度と同じにはならないだろう。父が見せた愛情を思い返して自分を慰めようとしたものの、よみがえるのは超然として厳格なたたずまいの父ばかり、聞こえるのは怒ったときの恐ろしいほど堅苦しい声ばかりだった。おとうさまを見つけなくては。おとうさまがほんとうにいればそれだけで、なんともいえないこの不安は消えるはず。けれど、ほんとうにいなくなったのなら……どこへ行くとも告げずにここを出ていったのなら、どうすればいい？　儀式のように決まった時間に外出と帰宅をくりかえす父にはおよそありえぬこととはいえ、ミス・レティはその胸騒ぎを追い払えなかった。

細い首の上で鳥そっくりに右へ左へとまわされていた頭が、突然ぴたりと動きを止める。ミス・レティは耳をそばだてた。物音ひとつ聞こえない。だが静寂は、館のここから遠いところになにかが、なにか恐ろしいものが入ってきたという、揺るぎない確信に拍車をかけただけだった。恐怖そのものが入りこんで、こちらへ近づいてくる……。無数のイメージがつぎからつぎへとミス・レティのまぶたに浮かんでは消えていった――翼棟や小塔、人目につかない柱間やさまざまな時代に付け足された増築部、それらをつなぐ迷路のような渡り廊下、控えの間、上り階段や下り階段。館の中心から離れたところに広がる複雑な間取りの、使われているところも、朽ち果てたところも、すべて。押し入る道を見つけるのは簡単とはいえない。時間がかかる。入りこんだものがなんであれ、この近くまで来るころには、とうにわたしはおとうさまのそばで安全なはず。おとうさまのいるところに恐怖は存在できないのだから。

こんどはびくびくしながらも怯むことなく、歩廊の下にわだかまる影の黒い壁めがけて攻めこむような勢いで、ミス・レティはふたたび進みだした。今や扉はまったく見えない。いつの間にか黄昏がおりていた。玄関ホールの奥のここは、すでに真っ暗だ。伸ばした片手が、羽目板の上をすべるように動き、扉を探りあててノブをまわす。目当ての部屋ではなかった。すぐにつぎの部屋へと向かい……さらにひとつ、またひとつと扉をあけていく。ずらりと居並ぶ忠実な召使いさながらに、いずれの扉も律儀に守りを固め、あらゆる侵入者に備えて重たげな頼もしい音とともに閉ざされた。ただ、厚く年古りた重い扉はどれも書斎には通じていなかった。つぎからつぎへとあらわれる部屋は、最初の一瞬だけは求める部屋に見えるのに……どの部屋も、きっとここだと思えるのに……

ミス・レティはなんともいえない心許なさに襲われた。自分の家にいるのに、行き場をなくしたような、悲しくてたまらないような、そんな気持ちだった。黄昏の深まりゆく闇のなか、どの部屋もどの部屋も同じようにがらんと静かで、どっしりと重々しい家具が、垂れ下がるシャンデリアの下でなんだか怯えて縮こまって見えた。いくつかの部屋では時計がカチコチ鳴る音がした。一度は小枝が共謀者の爪音で窓をひっかいた――ミス・レティは慌ててそこを出て、聞こえぬふりでそのメッセージを閉じこめた。つぎの部屋は堂々たる広さからしてドローイングルームだとわかった。そこも出ようとしたまさにそのとき、ゴンドラの金色の船首を思わす優美な姿が滑るように闇の奥からあらわれて、いかにも物言いたげな風情でぐいっとこちらへ詰め寄った。亡き母が弾いたハープだ。その後は弾く者もなく、誰にも触れてもらえぬ弦は弛んだり切れたりしていた。同情めいたものを感じて弦をつま弾くと、やけに悲壮な音が鳴り響き、ミス・レティはその音からも逃げだした。

「ほら早く！　ぐずぐずしてる暇はなくってよ」あの正体不明のものの脅威にあらためて焦燥をおぼえ、思わず声に出してつぶやく。まだ遠いけれど、じわじわと近づいてくる……刻々と迫ってくる……影もなく館のなかをこちらへと……音もなく容赦のない足取りで……恐怖の幻影が。「急がないとだめ」そう自分に言いきかせると、女学生の反抗の意思表示を思わすしぐさでブラウスの裾をベルトにたくしこみ、広げた翼のようにスカートの襞をひるがえして、ミス・レティは駆けだした。

そこにあるはずのない扉に出くわして、息を切らしながら、自分の居場所を確かめようと立ち止まる。

まさか自分の家で迷子になるなんて……いくらなんでもありえない。それなのに、どういうわけか、自分がどこにいるのかよくわからなかった……目の前でひらかれようとしているのはどこの扉なのか……わたしをどこへ招き入れようとしているのか。居場所に確信が持てないまま、彼女はおずおずと足を踏み出して、いつでも逃げだせるように、敷居の上で疑わしげに足を止めた。薄暮に閉ざされた窓を背にして、男性のシルエットがたたずんでいた——それを目にしたとたん、不安はきれいに消え去った。ミス・レティは両手を差しのべ、転がるように足を踏み入れた。「おとうさま!」

いや、ちがう、父よりもずいぶんと若い男だ。男はすばやく進み出ると、ミス・レティが手をおろす間もなくしっかりと握りしめた。男の顔は、さっきも背後からの仄かな光で見えなかったが、今は口づけせんばかりに彼女の両手の上に伏せられて、やはり見えなかった。ミス・レティは手をひっこめようとした。だが、相手は離そうとせず、抗議だか説得だかのことばをしきりに早口でまくしたてるばかりだ。

ミス・レティは男のことばを聞かなかった。耳を貸す気もなく、顔を見る気もなかった。とにかく父のところへ行きたかった。そもそも若い男などが、いっしょになにかをしよう、どこかへ行こうと自分を口説こうとする意味がさっぱりわからなかった。認めたくない記憶の不吉な圧力がのしかかってきた。この人のことを思い出してはならない、正体を知ってはならない。わたしとは関係のない人なのだから。行かせてもらえるのを、ミス・レティはひたすら待った。ただ、痛切な嘆願の声を聞いていると、相手がほんとうに必死なのだということがひしひしと伝わってきた。「いったいどういうことかしら」と、彼女は首を傾げた。胸の奥でざわざわとなにかが目覚めのようにうごめきだすのが感じられる。

ところがまさにその瞬間、男はあきらめたように手を離し、覚束ない足取りで椅子に向かうと、すわりこんで両手で顔を覆った。ミス・レティはつかの間その場に立ちつくし、丸めた背中とくしゃくしゃの髪を見下ろした。男の姿はあまりにも若くて悲しげで——彼女の片手がおずおずと空気を掻き分け、男に触れそうにもたげられる。けれど、その動作が終わる前にミス・レティはそれを忘れてしまい、手はのろのろと体の脇へもどっていった……胸の奥でうごめきだしたものがなんであれ、芽吹くか芽吹かぬかのうちに痛みも知らず息絶えた。父を見つけることだけを考えながら、ミス・レティは慌ただしく部屋を出て扉を閉めた。

外で誰かが待っていた。それに気づいても、不安はない……馴染み深いぬくもりと庇護が流れてくるのを感じる……ほどなく、漆黒の影に浮かぶミルク色の月を見つけた。優しい月の丸い顔は昔の家庭教師、ミス・レティを愛し、教え導き、母のいない子供時代が寂しくないようにしてくれた。遠い日々の情景がそのままよみがえる……陽光、安らぎ、信頼、穏やかな愛……そこに一瞬、殺風景な昔の勉強室が立ちあらわれる。インクとチョコレートのにおい、ひらいた窓の外で咲く薄紙細工のようなティーローズの香り……窓辺で縫い物をしているガバネス、膝を覆う色とりどりの絎糸の束。「いっしょにおとうさまをさがしてちょうだいな」と、ミス・レティは声をかけた。目下の父親さがしに、大人を頼る子供じみた習性が舞いもどる。

どうしたことか返事はなかった。疑念が頭をもたげ、彼女は目を凝らし、すぐそばにある顔をよく見ようとした。それは頑なに朧げな月のまま、表情は判然としなかった。なにやら新たな違和感で隔てられているようで……。必ずそこにあるはずだと信じていた安心感が、ここに至って、欠け落ちた。この欠落に、紛れもない狼狽の第一音が響きわたる。これまで決して揺らいだことのない支えが、変化によって奪い去られた。そこにたたずんでいるのは影を纏った見知らぬ姿……実際よりも大きく見える……脇をすり抜けようとしたミス・レティの前に立ちふさがり……手首をつかんだ。突然、世界から陽光という陽光が、愛という愛が、消え去った。もはや信頼は存在しない。大きな古い館の廊下を、季節知らずにしじゅう吹き抜ける気まぐれな隙間風が、今も密やかに吹き抜け、迫りくる夜の冷気を連れてきて、うららかな子供時代の幻影をぬぐい去る……もどっておくれといくら激しく焦がれても、その甲斐もなく……。

「いいこと、レティ——あなたにいっておきたいの……」影が話しかけてきた。ふつうの話しかたではない、ことばの伴わぬ、超自然的な、精神(こころ)かなにかを使った接触方法で、聞かないではすまされなかった。「わたしがしたことをしてはだめ――同じ過ちをくりかえさないで……他人のために生きようとしないで……わたしのようには……おかげでわたしには自分の人生がなかった、子供も持てなかった。あなたは自分の人生を生きなさい。他人のために生きてはだめ、他人を通して生きてはだめ。自分の人生から逃げないで。レティ……さあ、もどって、あなたを愛してくれる男性(ひと)のもとへ……あなたを必要としている男性のもとへ……まだそれができるうちに……手後れになる前に……」

ミス・レティは驚きうろたえ、こんなことしかいえなかった。「おとうさまはわたしを愛してくださっているわ――わたしを必要としてくださっているわ……」今の声なき忠告に対する返事、いや、抗議のつもりだった。朧げながらも理解できたから……これは促されているのだ、ついさっき逃げ出した状況へもどれ、あの危険な記憶と連想のもとへもどれと。それらは黒い不定形の塊となって頭上にわだかまり、今にも襲いかかってきそうに思われた。ちがう、これが優しかった昔のガバネスのはずはない、あの人はいつも悲しいことやよくないこととわたしのあいだに立ちふさがってくれた――これほどの圧倒的な重さが頭上に落ちてくるのを、あのガバネスなら望まない……。ミス・レティの怯え見ひらかれた目が影を思わす看守を見つめる。手首をしっかりつかんだ看守は、彼女の疑念を見て取ると、声なき声で――おそらくは触れている見えない指を通して――語りかけてきた。「わたしを信じて、レティ……わたしはいつも、いつでもあなたを愛している、わが子のように。決してあなたを傷つけないし、まちがったことをしろともいわない……。わたしとは縁のなかった幸福を、あなたに味わってほしいだけ。あなたの人生は始まったばかり……。わたしはあなたを愛しているから、望みが絶たれるのは見ていられない……どうか取り返しのつかない過ちを犯さないで……とても大事なこと――あなたの未来が……あなたの一生が……今のあなたの行動にかかっている……。わたしの忠告を思い返して、愛しい子……よく考えて、お願い……」

だが、哀れなミス・レティに考えられるのは、頭上にわだかまる脅威のこと、それから、目の前でどんどん広がっていく亀裂のことだけだった。「おとうさまをひとりにしないと約束したのよ！」ミス・レティは叫んだ。同時に、不可能な選択という絶壁に向かってひっぱられるのを感じ、力任せに手首を引いて、なんとか相手の見えない手を振りほどこうとした。

「けれど、おとうさまはあなたをひとり残していく」内なる無情な声はつづけた。「おとうさまはいつまでもあそこにいるわけではない……。あなたの人生はその先もつづく……おとうさまがいなくなったらひとりぼっち。それを考えたことはある？」

神経と血流に入りこんで運ばれてくることば自体を締め出すのは難しかったが、ミス・レティはその意味を頭から締め出した。どこか冒瀆的で、口に出すのも憚られるものが感じられた。それについてはなにも知りたくなかった。忌まわしい意味を彼女は必死で撥ねつけ、激しい嫌悪で拒みつづけ、自分が抵抗している相手の正体をほんとうには知らぬまま、とうとう手を振りほどいて駆けだした。「これが唯一のチャンスかもしれない——無駄にしないで……」心のなかで谺するそんなことばの群れに追われるように、ミス・レティはよろめく足で小走りに薄暗い廊下から廊下へと進みつづけた。忠告の声がだんだん小さくなっていく。動揺は霧散して、彼女は急いでいた理由を忘れた。そのとたん、やみくもに逃げ惑った果てに迷いこんだ廊下の先に、扉があるのに気づいた——どこの扉かすぐにわかった。軒縁（アーキトレーブ）の上で鈍く光る金のリースで、館のなかのほかの扉と見分けがつく。

ようやく安全な場所に来た。いっしょにいるのは影の群れだけだ。ミス・レティは、愚かしくも忠実についてきた迷子の羊でも見るように、長年の友である影を優しく見やった。扉の前に群がり立っているのは、向こう側に危険があると考えて、彼女を守るつもりでいるからにちがいない。愚かな影——わかっていないのだ、これこそは父の部屋の扉、恐怖といえども立ち入ることはできない。頑固な黒羊の群れさながら、影は寄り集まってそこを動こうとしなかった。ミス・レティは泳ぐように腕を振り、影を押しのけ掻き分けて、ついに扉にたどりついた。

そのときだ、今までは距離をおき、遠く離れて館のなかを追いかけてきた恐怖が、あろうことか突然そばにあらわれた——まさに安全な場所への戸口で、いきなり恐怖に撫でられたような気がした。

ミス・レティは狂おしくあたりを見まわした。影のほかはなにも見えない。だが、恐怖が、恐怖のにおいが、まちがいなくあたりに漂っている……すぐそこだ、強烈なにおいだ。一瞬、息ができなくなった……ミス・レティの手がぱっと襟元に伸びる。締めつけられる――息が詰まる。

先祖代々伝わる矜持のありったけを呼び起こし、ミス・レティは踏みとどまって、自分にいい聞かせた……今さら恐怖が来ても、もう遅い……ここでは、この聖域の戸口では、わたしに手出しできないはず……。あと一歩で、危険はなくなる。ところが、その最後の一歩が、持てるすべてをふりしぼってもなかなか踏み出せなかった。体から力が失せていた。そして今、とてつもない恐怖の予感に攻め立てられて、心までが萎えはじめた。鉛の手袋に包まれた手を持ち上げて、ノブにかけるまでに、無限の時と気力が流れ去る。

やっと扉がひらいた瞬間、恐ろしい音が響きわたった。館が悲鳴をあげている。初めのうちはそれほど大きいわけではなかった。けれど、部屋という部屋の声がつぎからつぎへと重なりあい、それぞれの家具調度の声も加わるにつれ、パイプオルガンの音が大きくなっていくように、悲鳴は地下室から軒や棟木やいちばん外側の壁までも広がって、巨大な館全体がひとつの共鳴箱と化した。ばらばらだった無数の悲鳴はやがて溶けあい、ひとつのすさまじい悲嘆の声になった。苦悶の、宇宙の、元素の悲鳴――。無限に高まるその悲鳴は、巨木が何世紀も生きた果てに、斧や雷(いかずち)の冴えた一撃によってではなく、はびこる寄生植物に根元を絞められ、あるいは腐らす病毒に内から冒されるかして、無残な最期を迎えるときに放ちそうな、そんな音だった。

この凄まじい音に床、壁、天井、それらに囲まれた空間、なにもかもが震えるのを後目に、ミス・レティは「おとうさま、助けて！」と叫ぶや、扉を抜けて部屋の奥へと飛びこんだ。自分の声も聞こえなかった。彼女は両手で耳をふさいだ。静寂――静寂のなかへ逃げこもう。頭にあるのはそれだけだった。必要なのはそれだけだった。ほかはもうどうでもいい。世界に存在するのはただひとつ……この恐ろしい共鳴だけ……いつまでもいつまでもやまない……ここでさえ、不可侵のはずのこの壁の内でさえ。けっきょく、扉の前の影の群れは正しかったとみえる……あれはここにいた。この部屋のなかで、あらゆる危険から守ってくれるはずだった場所で、あの恐怖は待っていた……扉の奥で。彼女が戸口にいるあいだに、恐怖は脇をすり抜けて、聖域に入りこんだ……もうここは聖域ではない……

部屋にはほとんど光がなかったものの、ベッドの上で動かぬ丈高い影だけはなんとか見て取れた。あれは恐怖自身の姿。ミス・レティはなんとかそれを見まいとした……いや、とてもそちらは見られなかった。視線はベッドにたどりつく前に、警戒本能めいたもので向きが変わり、逸らされた。鳥の一瞥のすばやさで、ベッドから飛びはなれた。それなのに、一瞬の隙をついて、恐怖は彼女の目を焼き焦がしながら心の中心にたどりつき、消せない印をそこに刻んだ。そのわずかな時間に目にしたものの正体を彼女はついに知り……知る前には二度ともどれなくなった。恐ろしい絶望とともに、彼女は感じた――いま知ったことは未来永劫、心の奥深く根をおろすのだ。かすかな予感の記憶のせいで、自分の手で悪夢を現実にしてしまったような気がした。

夢は目的を果たしそびれ、同時に、夢見る人は目覚めはじめた。新たな変化の恐怖が迫りつつあるのをミス・レティは感じ取っていた。終わりが近づいてくる。いや、むしろ始まりというべきか。すでに疎ましいものとなり果てた始まり、いやというほど知っている始まり。この忌まわしいくりかえしを前にして、彼女は固く目を閉ざしたままでいた。さしでがましく鬱陶しい光を締め出そうとした。しかし、容易には制御しにくいほかの感覚のせいで、この拒絶は甲斐なく終わり、知覚がどっと押し寄せた。

今いる部屋は独特のにおいがした。かすかな、とらえどころのないにおい。なんともいいようのない、それでいて鼻につくにおい。その顧みられない歳月と埃のにおいから逃れることはできなかった。いや、においというより、没個性的でわびしい挫折の空気か。この手の安ホテルの部屋――あまり清潔でない、寒々しくて風通しの悪い部屋には、そうした空気がつきものだ。家具はほかの部屋で廃棄処分になったものが、向きも不向きもおかまいなしに集められ、ゴミ山行きの道すがら、わずかな時間ここで最後の務めに励む。廃馬処理場へ送られる前に今一度こき使われる老いぼれ馬を思わす、誰を責めるわけでもない諦めきった辛抱強さのようなものを、そうした家具は吐き出した。そここに散らばる二、三の私物は、失われた幸福な時代から救い出されはしたものの、品のない無数の品々に囲まれ、本来の価値を主張することもままならず、部屋全体の貧弱さのせいでその悲壮感さえ曖昧になって、心細げで怨めしげだ。

やむなくひらいたミス・レティの目に真っ先に映ったのが、歳月に取り残されたこういう場違いな遺物のひとつ——公園風の敷地に立つカントリー・ハウスの絵だった。絵は額に入れられて、結び目をつけた紐の先でわずかに傾いでいる。狭いベッドにじっと横たわり、彼女の目は貼りついたようにその絵から離れようとしなかった。この部屋で見るに堪えるものはこれだけだ。どうでもかつてのわが家から目を逸らす気にはなれない——どっしりした構えの、正面に円柱が並ぶ大きな白い館。揺らがぬ視線の前で、それは小ささと平面性と絵画の様式美を失い、実物の持つ大きさと立体感を帯びていくように思え……その機をとらえて彼女は夢を追い、急いで自分の過去へ、内へともどっていった。

すばやくしっかり集中すれば、逃げていく夢をこんなふうに絵を通してつかまえて、また入りこめることが間々あった。場合によっては、起きているときでも、絵が本物になって迎え入れてくれた。なかに入ると、小川のほとりで草を食む羊の群れを眺めながら、花をつけた長草を分けて野原を歩き……杉の生えた芝生の斜面を渡り……まっすぐに館の扉へと向かうのだ。

もっとも、今回はそうはいかなかった。一途な集中という入場料を払いそびれた。さっきからなにかがミス・レティの心を乱し、注意を引こうとうるさくせっついている。年齢から来る一時的な体の不快感で、彼女はわずかに身じろいだ。目はあいかわらず絵に据えたまま、片手がコットンのベッドカバーの上を落ち着きなくさまよう。不意に、安物の生地の感触が指先から脳に届いた――心臓がどくんと飛び跳ねる。絵と夢は忘れ去られた。

どうしてわたしは昼の日中に、きちんと服を着たままで、ベッドにいるの？　やはり今はどう見ても尋常でない状況だった。頭と胸のなかでパニックが不器用な鳥のようにもがくのが感じられた。激しくばたつく翼が思考をちりぢりに吹き飛ばし、鼓動をばらばらにかき混ぜる。わたしは病気？　弾かれたように片手で口元を押さえたが、禁断のことばはもう声になって飛び出したあとだった。「だめ……病気になるわけにはいかないわ」と、ミス・レティはささやいた。「なにがあろうとだめ……」老いて強ばった体を操って軋むベッドの脇から降ろすと、床が物騒なほど傾いだので、とっさにベッドの鉄の手摺りにつかまった。「ああ、神さま、病気はご容赦ください……」この切実な祈りのことばとともに、彼女は部屋の大海原へと乗り出して、危なっかしくジグザグの針路をとりながら、船団から置いてきぼりにされた老朽貨物船さながら、散らかった名もなきガラクタのあいだを渡っていった

――空のボール箱、古雑誌の山……

鏡の前にたどりつくころには、汗で皺という皺がきらめく糸と化していた。ミス・レティはてらてら光る顔をハンカチーフで大儀そうにパタパタはたいた。すり切れた網をかぶったように縦横無尽に皺の走る顔が、曇った鏡からこちらを見つめかえす。熱く重く湿った髪が、額とうなじにへばりついていた。べたつく髪の束に骨張った指を一本差し入れ、あちら、こちらと、頭皮から引きはがし……そうするうちに、淀んだ池の深みから魚が浮かび上がるように、長いあいだ忘れていた記憶が過去からもどってきた――みんなのように髪を切るのを、みっともない退廃的な流行だからと、父が禁じたのだ。おまえの美しい髪を見ていたいと、おとうさまはおっしゃった。「でも、年中めんどうな思いをするのはわたしなのよ」ミス・レティはぼやきながら、灰色がかったウェーブを苛立たしげに櫛でぐいぐい梳かしつけた。役立たずで要求が多くて手のかかるペットかなにかを父に託された気がして、不意に怒りを感じる。今は熱いし疲れているし、体の節々が痛むのに、こんな無駄なものになけなしの力を注がなくてはならないなんて……

恨み言をさえぎって、建物の腸で時を告げる命令的な響きが聞こえてきたかと思うと、あっというまに狂おしくきんきんと高まって、耐えがたく耳を突き刺した。ミス・レティは扉に顔を向けた。けれど今は、その有無をいわせぬ呼び出しに応じるどころではなかった。心と体の拒絶感で、吐きそうで動けない。すでに目の前に食べ物があるかのように、異様な吐き気が曲芸めいた宙返りをしながら、胃袋からぐんぐん喉へと迫り上がってくるのが感じられる。

吐き気に苛まれながらも、「具合がよくないことはミセス・コーにはぜったい秘密にしなければ」という思いが急に頭をよぎり、ミス・レティは両手を握りしめた。そうだ、あの女将はわたしを追い出したがっている。この部屋をもっと裕福で、もっと金になる客に貸せるなら、病を口実にこれ幸いと立ち退きを迫るだろう。以前、流感で何日か寝ついたことがある。すると、どうでもいい滞在客とはめったにことばを交わさぬ女将が部屋へやってきて、人手不足だの病人のところへ食事を運ぶ手間だのと、終始こちらの顔をじっと見すえ、意味ありげにしゃべりたてた。要するに通告しにきたのだ、二度と病気になってもらっては困る……さもないと――と、露骨に口に出したも同然に、はっきりと。ミス・レティはすっかり震えあがって、以来、病に倒れはしまいかと戦々兢々の日々を送っていた。出ていく羽目になったらどうなるの？　ここと同じ安い部屋をどこで見つけろというの？　持ち物を全部まとめて、新しい住まいをさがさなくてはならないと考えるだけで、パニックの鳥がバタバタと胸のなかで暴れだした。

ここにいたってミス・レティは、敵がいささか強すぎるのを、それでも厳として屈服させようといわんばかりに、肉体の弱さを抑えこみ、老骨を無理やり動かした。埃の積もった階段の上に出ると、一階まで三階分の下りという試練が待ち受けていたが、おのれに怖じ気づく暇を与えず、すぐさまそれへの一歩を踏み出した。四肢をつらぬく痛みとたじろぎと重み。動き渋る骨格をひとつの段からつぎの段へとおろすだけでも、平衡感覚と意志力をひとつにしての難事にして偉業だった。階段全部をおりるとなると、全身全霊を傾けての絶対的集中によってのみ成就しうる大冒険だった。この決死の移動に、彼女は一心不乱に取り組んだ。からっぽの頭にあるのは、「ミセス・コーにはぜったい秘密」という呪文じみたリズミカルなことばだけ。意味が失われてからも、それはいつまでも頭に響きつづけた。

そうこうするうち、下の踊り場にたどりついた。目的地が見えた。あけはなした食堂のドアから食器の音が湯気を纏って流れてくる。今日の野菜のにおいと混じりあう過去の料理のにおい。けれど、彼女はそのいずれにも気づかない。あいかわらず脇目も振らず、ひとり黙々と、別の世界にいるかのように、まだ終わらぬ大仕事の緊張感とだけ向きあっている。すぐそばにあるドアがあいたときも、やはり意識にのぼりもしないまま、踊り場に出てきた男女の姿も目に入らなかった。なにが起こっているか気づくまもなく、ミス・レティは女将にのしかかられそうになっていた。あっと思って目を上げると、大きな女がそこにいた。攻撃的に突き出た胸が、隣の男の姿を隠さんばかりだ。

「そんなのおかしいでしょ、先生」その男に向かって、女将はまくしたてているところだった。

「なんであたしがそこまで……従業員だって、たまったもんじゃありませんよ……明日になってもよくならなかったら出てってもらわないと……先生のほうでどこか居場所をさがしてやってくださいな……ここにあの人は置いとけませんもの」

恐ろしいその声の最初の響きで、ミス・レティはぴたりとその場で足を止めた。怒気を孕んだ不平の声は、黙々たる秘めごとを暴力的に唐突に突き破り、怯えの源に過たずまっすぐ届く恐ろしいことばの数々を以て、審判の日のラッパよろしくミス・レティを揺さぶった。心臓が一度、もがくように飛びはねて、激しく胸郭にぶつかってから転げ落ち、それきり動かなくなった。ミス・レティは凶器めいた胸と階段に挟まれて、凍りつく恐怖のなかで微動だにせず立ちつくした。心臓さえもひっそりと動きを止めたままだ。と、夢のなかのように、階段が鳥の群れのごとく飛び立ち、髪をかすめて舞い上がった。女将がそれ以上なにかいったにせよ、小さな鞄を下げた男から返事があったにせよ、ミス・レティの耳には入らなかった。彼女は動きを止めた自分の心臓の沈黙に聞き入っていた。

ふと気づくと、顔がふたつ、こちらを見下ろしていた。ひとつは大きく、白く、剣しいうえに、道化そっくりに口がべっとり真っ赤に塗りたくられている。もうひとつは物思わしげで、垂れた頰が悲しそうな猟犬を連想させる。ふたつともいきなりそこにあらわれたように思えた。すぐそこにまざまざと見えて、なんらかの意味がありそうな気がした。なにしろ、荒れ狂う嵐から音もなく飛び出した二羽の鳥さながら、あんなにも混沌とした不安から突如としてあらわれたのだ。顔そのものではなくて、顔があらわれたということに、魔法にも通じる、どこかいわくありげで神秘的なものが感じられた。それが生んだ奇妙な戦き（おののき）は全身を駆けめぐり、ミス・レティの心臓はふたたび脈打ちはじめた。

ようやくミス・レティは落ち着きをとりもどした。まだ混乱してはいたものの、ミセス・コーの道化じみた顔を見たおかげで、もはや怯えは消え失せた。けばけばしい色の口……そんな口から出るものは、きっと下卑た戯れ言でしかないはず……それがしゃべりたてる恐ろしいことばの数々に、悪趣味で悪辣な内輪のジョーク以上の意味はないはず——わたしとは関係ないにちがいない。階段が正しい場所に落ち着いて、規律正しく忍耐強い下りの見本を示してくれているのを見て取ると、ミス・レティはすっくと立って、肩をそびやかし背筋を伸ばした。痩せて萎びてひょろ長い体に、黒いかさばるドレスがだらりとひっかかっているさまは、なにやら黒い毛皮帽の近衛兵ほどにも背の高い、豆の支柱で作った痩せ案山子に着せかけたふうでもある。ミス・レティの顔は早くも自動的に他人に対する防御用のベールをかぶっていた。老いた皮膚は、破れた毛細血管と皺の地図が浮き出して、そういう趣向であつらえた仮面を思わせる。骨董品然とした老いさらばえた風貌全体が、見つめる目を逃れて閉じこもるための、グロテスクな仮装かなにかに見えた。

ふたたび大儀そうに動きはじめたミス・レティは、時代がかった礼儀作法にのっとって、見物人の前を通りすぎしな軽くうなずきかけると、階段下りの苦行を再開した。その行為は、傍目にはほとんど中断していなかったようにも映る。たどたどしく、ぎくしゃくと、ぎごちなく、計り知れない慎重さと無尽蔵の決意を胸に秘め、見物のふたりなどとっくに存在していないといわんばかりに、彼女は階段をおりていった。

いっぽう、男女ふたりはそのままじっとミス・レティを見送った。両人とも知らず識らずに奇怪な磁力めいたものに屈して、目を離せずにいた。この不安定な前進を見届けるために、さしあたり自分たちの用もそっちのけだ。滑稽に見えて当然の状況でありながら、埃まみれでよれよれの黒いドレスも、それを纏った当人も、なぜだか笑いものにはしがたかった。

女将と医者はさらに何秒かその場に立ちつくしていた。笑うに笑えず、どうにも居心地悪かった。自分たちの権威をそこはかとなく脅(おびや)かしそうな、なんとも名付けようのない異質で強烈なものを、おぼろげながらも意識せずにはいられなかった。あたかも立場が逆転したかのようで、他人を少々見くだしがちな厚かましい日頃の態度に似合わず、つかの間、ふたりは感じた――こちらのほうが不利な立場にある……あの老いた姿よりもどこか劣っている……。当のミス・レティはといえば、そんなふたりに目もくれず……毅然としておのが道を行く……たった一羽だけ残った絶滅寸前の風変わりな鳥を思わせる、慎重かつ正確無比な足取りで進んでいく……一歩、また一歩と。

ホットスポット

One of the Ho*t* S*pots*

港町スマランはあのあたりの島々でもいちばん暑い場所だそうだ。地元の人間がそういっているし、わたしとしてもそれを疑う理由はない。

わたし自身はスマランの土を踏んだことはないが、港のすぐ外に停泊したプランシウス号という船の上で二度、別々の折に五時間ずつを過ごす機会があった。どこで過ごすよりも暑い十時間だった。港の水深が浅くてかなり小型の船しか入れないため、プランシウス号も、クイーン・メリー号ほどの大型船ではないものの、沖合半マイルのところに停泊せざるをえなかった。そのあいだに、アムバラウだのクーブーメンだのモジョケルトだのサラティガだのいう名前のたくさんの薄汚い黒い艀（はしけ）に船荷が移された。

「上陸なさらないんですか?」プランシウスのパーサーがそんなふうに声をかけてきた日のことを書くとしよう。

わたしは、スマランの外観が好きになれないのだと説明した。「スマランには趣がないんですよ」わたしはいった。「華やかさも活気もありませんしね」

華やかさどころか、スマラン一帯には色がなかった。色らしきものがあるのは海中ばかり。それも、ジャワ海特有の鮮やかな青ではない、トラ猫の目を思わせる薄く釉薬（うわぐすり）をかけたような不思議な緑で、泥の色を映した揺らめく黄が基調になっている。海岸線は、灰と青と黄を混ぜたような空よりは二段階ほど色が濃く、かろうじて空と見分けがつくという程度。背景の山にいたっては、裾野の色は空より一段階だけ濃いものの、頂の色は空とたいして変わらず、あたかも山の頂が諦めてしかたなく空に溶けこんだといった風情だった。この山は、山脈ではない。ひとつだけがどっかりと腰を据え、それが邪魔して町には陸風が吹きこまないというのだから気の毒なこともあるものだ。頂の上にふたつ、みっつと寄り集まった雲はうっすらとして、どこか所在なげだった。

わたしはプランシウスのデッキに立って、スマランに目を向けていた。隣にいるパーサーは若いオランダ人だが、少しだけコックニー訛りの英語を流暢に話す。生まれてからほとんどずっとロンドン暮らしだったのだそうだ。英語でしゃべりたいのに、最近はその機会がないとかで、わたしと話をしたがっていた。わたしは手摺りに体をあずけて下に目を向け、黄緑がかった水を覗きこんだ。船体に触れている部分がいやになめらかで、固体のようにも見える。硬質なガラスめいた海水は、なかに細かい気泡を無数に含んでいることもあって、アンティークショップで見かけるような、内部に螺旋を閉じこめたずっしり重い緑のペーパーウェイトを思わせた。あのきらめく水面めがけて船縁から身を躍らせたら腕か脚でも折りそうだとは思ったが、どうにも溺れるような気がしなかった。水を覗きこんでいるうちに、月のない夜にみなが寝静まってからこの手摺りを乗り越えて海に飛びこんだらどうだろうと、ふとそんな考えも頭をよぎった。

パーサーが立ち去ろうとしないので、英語でしゃべりたいという彼の願いに応えるのがいいかと思い、わたしは話しかけた。「今までに乗った船で、身投げする人が出たことはありますか?」

「不思議ですね、お客さまがそんなことをおっしゃるとは」とパーサーはいった。

彼は秘密めいた不思議なほほえみを浮かべ、間を置いた。

「あるんですか?」とわたし。

「じつは、あります」と彼はいった。またしても間を置いてから、こうつづける。「やはりここ――スマランでした。今停泊している場所のすぐ近くです」

「どんな状況だったんです?」とわたし。

「そうですね……」と彼。「あれは早朝でした。思いのほか早く到着して、まだ薄暗いなかデッキに上がったんです。涼しいところで一服しようと思いましてね。で、左舷側の救命ボートのそばに立っていたら、そこへ乗客の男性が通りかかった。それが、すぐそばを通っていったのに、ぼくがいるのに気づきもしないんですよ。煙草には気づいただろうって? もともと不注意な質(たち)だったか、そのとき上の空だったのかもしれません。とにかく、その人はまっすぐ手摺りに近づいて乗り越えると、海に飛びおりた。そう、飛びこんだんじゃない。飛びおりたんです、足のほうから、革靴のまま。靴が黒だったか茶だったかは薄暗くてわかりませんでしたが、白じゃないことはわかった。だから布ではなくて革だと思ったんです。わかっていただけますか?」

「ええ」とわたし。「で、どうしました?」

「どうもしません」とパーサーはいった。「どうこうするような時間はなかったんです。船端を覗いたときは、その人はもう舷側梯子(アコモデーション・ラダー)でデッキへのぼってくる途中でした」

「つまり、海に飛びこんだと思ったらまたすぐのぼってきたということですか?」とわたし。

「まあ、そんなところです」とパーサー。

「入水自殺するつもりが、飛びこんでから思い直したとか」とわたし。

「さあ、どうでしょう」と彼。

わたしたちはしばらく口をつぐんだまま、船端を覗きこんだ。いちばん近くにいる艀の艫(とも)のあたりで、もやもやした白っぽいものが塊になっていた。半透明で泡状のそれは粘液めいて、病にかかった海獣の分泌物のようにも見えた。あれの正体がなんだったのかは今以てわからない。

「その飛びおりた乗客ですが」とわたしはいった。「知りあいだったんですか?」

「テーブルが同じでした」とパーサー。「食事のとき、席が隣で。ただ、よく知っていたとはいえません。休暇を終えて、これからスマランで仕事にもどるとだけ。小柄で物静かな人でした。いつもとてもきちんとしていた。かならずナイフとフォークをきちんと皿に置いて、ナプキンをきちんとたたんで」

「水から上がってデッキにもどって、それからその人は?」とわたし。

「ええ、ずぶ濡れでその場に突っ立っていました」パーサーはいった。

「なにか声をかけなかったんですか?」とわたし。

「なにも」とパーサー。「ぼくはなんというか、びっくりしてしまって。どう声をかけたものかわからなかったんです」

「向こうからもなにも?」とわたし。

「一言も」とパーサー。「それが妙なことに、その人、腕時計を見ましてね。ぼくを見て、それから腕時計を見たんです。よくやるように、ごく自然に、なにげなく。それから自分のキャビンにもどっていった」

「それだけですか?」とわたし。

「朝食のときにあらわれました」とパーサー。「普段どおりぼくの隣にすわって、目玉焼きを二個食べた。ええ、忘れませんとも、あの朝は目玉焼きだった。もちろん服も乾いたものに着替えてありましたし」

「そのときはさすがにその話になったんでしょうね」とわたし。

「いや、それがまったく話に出なかったんですよ」パーサーはいった。

「飛びおりたすぐあとなのに、隣にすわっていながら、どちらからもその話は出なかった?」とわたし。「いったいどうして?」

「どうしてでしょう」とパーサー。「自分でもときどき不思議になります。確かに、ほんとうなら船長に報告すべきだった。あんな事件を報告しなかったことが知れたら、とてもただではすまされません。われながらなにを考えていたのやら。とにかく奇妙な事件でした。とんでもなく朝早く、まだ薄暗いような時間に、小柄な男性客が靴をきちんと履いたまま船から飛びおりたかと思ったら、ずぶ濡れでデッキに突っ立って、一言も口をきかないまま、なにげなく腕時計を見た……。いったいなんだったんでしょうね」

「その後、その人のことは?」わたしはいった。

「なにも」パーサーはいった。「きっと今この瞬間もスマランのどこかにいるんでしょう。自分のことがこうして話題になっているとは夢にも思わないんじゃないですか」

「不思議な話ですね」とわたし。

パーサーはのんびりと口笛を吹きはじめた。

「まあ、なんということもない話です」ややあって彼はそういうと、一礼して笑顔を見せ、デッキを歩み去った。

ひとりその場に残されて、わたしは水面越しにスマランのほうを眺めやり、あそこにもどって五年も六年もずっと熱気と倦怠と孤独のなかで退屈な仕事をこなす気分を想像してみた。件の気の毒な人物が靴をきちんと履いたまま船から飛びおりたのも無理はないように思えた。意思表示の手段として、そうする以外のなにができたというのか。むしろ意外なのは、スマランに来た者たちがひとり残らず船から飛びおりないことのほうだ。飛びおりたからといって、誰に責めることができるだろう。

わたしはサングラスをかけてじっと目を凝らしたが、町そのものは見えなかった。見えるのは陽炎だか煙だか土埃だかと、砦を囲む柵のように整然と同じ高さで水際に並ぶ椰子の切れ間ないまっすぐな長い列、それから、日射しに鋭く光るトタン屋根や赤い屋根を頂く正面の巨大な倉庫群だけだった。

スマランで暮らさなくてはならない人たちに、わたしは心から同情を覚えた。しばらくしてプランシウス号が動きはじめ、かすかな風がそよぎだしたときは、牢獄を出ていくような気がしたものだ。スマランのようなところは、プランシウスのデッキからだろうとほかの船のデッキからだろうと、もう二度と見たいとは思わない。

氷の嵐

Ice Storm

水曜日の午前十一時半の列車で、わたしはコネチカットへと向かった。ニューヨークは雪だった

異常な嵐で市内全域が氷漬けのあと水浸しに
交通機関は麻痺

が、グランド・セントラル駅はとろりと心地よい琥珀の冬のぬくもりをまとっていた。グランド・セントラルのことは昔からほんとうに好きだった。初めてニューヨークに来たとき真っ先に覚えた場所がここで、怯えてばかりのあのころはいつもこの駅を目印に位置を確かめながら市内を歩きまわったものだ。グランド・セントラルはロンドンの駅のように陰気でもないし、大聖堂のように荘厳でもないし、劇場のように軽薄でもない。純粋に機能的なだけでもない。いってみれば普遍化された実用的な明るさのようなものが備わっていて、理性的な人間はまだどこかにいる可能性があるというわたしの持論を（反証ばかりがそろってはいるものの）支えてくれた。

鞄はとりたてて重いわけでもなかったが、赤帽を雇って運んでもらうことにした。鞄を運んでもら

う と無駄遣いしている気分になる。もっとも、状況を考えれば無駄遣いも許されるだろう。つらい状況だったのだ。わたしはある重大な決断を下さなくてはならず、それ自体がつらいことなのに加え、どちらに決めてもつらい結果になるのは目に見えていた。この先もアメリカでがんばるか、諦めてどこか別の大陸で一からやりなおすか、決めなくてはならなかった。コネチカットへ行くのはこの決断を下すためだ。いずれにせよ、郊外のほうが感情を交えずに落ち着いて考えることができそうな気がした。ニューヨークではなにをしていてもまったく集中できなかった。

空の便にも雨氷の影響

新聞ひとつ読むにもニューヨークシティでは集中力が長くつづかない。

赤帽は普通車に席を見つけて鞄を荷棚に置き、列車は（スイス製の古い腕時計によると）三分遅れで出発した。

わたしは腰をおろして前の座席の背面を見やった。ブルーグリーン、ピーコックブルーのフラシ天で、上端に金属の帯が走っている。その金属の帯の下に、八十五セントの白い切符が差しこんであった。イングランドでは白い切符といえば一等車だった。こちらでは一等も二等もない。寝台車と普通車だけだ。民主制（デモクラシー）。民主主義者（デモクラット）の。デモクラットによる。デモクラットのためのデモクラシー。列車のスピードが上がる。デモクラシー、デモクラシー、デモクラシー。線路の切り替えポイントをいくつか通過する。デモク、デモク、デモク。

　しばらくしてから窓の外を見た。家並みがブルーのフラシ天に取って代わる。非常階段をまといつかせたひょろ長いビル群の狭間を人知れず這い進む電気の蛇。それから墓地。野山がひらける。無造作に白をなすりつけた灰色の凍った池と、棒切れに覆いかぶさるようにかがみこむ垢抜けない風体の人影がいくつか。白から無数に突き出す草の黒。脱脂綿の塊を思わせる薄汚れた氷の花綱が垂れ下がる岩。それはさながら巨人の端正な澄まし顔、極限まで巨大化されたガールズマガジンの表紙の学生ボーイフレンド、おまけにありがたくもアメリカ人だ。寒さと寂しさがつのってきて、

プラスキー橋では昨日、車輛の通行が困難に

わたしはブルーのフラシ天に向きなおり、暑すぎる車輛の息苦しさに身を沈めた。沈めてしまえ。あの決断を深く深く沈めてしまえ。

　早くも列車のスピードが落ちていく。決断のことが意識の最上層に泡のように浮かんでくるのが感

じられる。暖房のせいで朦朧とした意識のなかで不安の気泡が無数に弾ける。

猛烈な北東風で路面が凍結

いやだ、まだ決断のことは考えたくない。わたしは毛皮のコートをはおると、しっかりと襟元をかきあわせてスカーフを巻いてから、ハンドバッグをあけた。手鏡に映る自分の顔を覗く。目が少し充血して見えて、化粧の下の顔は皺だらけだ。突然、またしても寂しさが込み上げてきた。苦い孤独で喉がふさがる。ああ、安心感をなくし支えをなくした人生がこんなにもつらいものだとは。

黒灰色のツルかアオサギ、翼が凍って岸から飛び立てず

こんなことがほんとうに自分の身に起こりうるのだろうか。

市民も驚きの天候

がくんと一揺れして、冷たい空気が入ってきた。スーツケースのハンドルが手の平に染みる。

プラットホームでは冷気が激しく顔に吹きつけてきた。わたしは背をこごめ、冷気に向かってまっすぐ歩きだした。こちらは雪がほとんどなかった。白い線がいろいろなものの輪郭をくっきり際立たせている程度だ。なにもかもが鋼の硬さに凍って見えた。金属の硬さが駅舎を寒々しく閉じこめる。空は灰色の氷そのものだ。

ドレイク夫妻が車で迎えにきていた。グロリア・ドレイクはやつれて見えた。ハート型をしたやや平たい小さめの顔が、霜に捕まった美しい小蛇を思わせる。赤いコーデュロイのパンツに、後ろにポンポンがついた青いニットのフードという格好だった。ひさしぶりねといいながら浮かべた笑みは、どことなく苦々しげだ。アルのほうはチェックのハンチング帽が似合っていた。きらきらした茶色の目が、やんちゃな犬を連想させる。

「田舎暮らしが合ってるみたいね」わたしはアルにいった。

「合ってるなんてもんじゃないよ」アルは答えて、にやりとした。「最高の暮らしだ」

「あたしに合ってるのは都会ですけどね、残念ながら」グロリアがかわいらしく口をとがらせる。

わたしたちは車に乗りこみ、目抜き通りを走った。グロリアは映画に行きたがった。「こんなお天気のときのあたしは梃子でも家から動かせないけど、もう外にいるんだから、まだちゃんと生きてることを確かめるためになにかしたいのよ。そうでもしないと生きてることを忘れてしまうわ」

映画館は二時半まであかなかった。あと一時間も待たないといけない。わたしたちはなにか食べようとドラッグストアに立ち寄った。そんなところの食べ物など誰も食べたくはなかったが、とりあえずベーコンとトマトのサンドイッチを食べた。ドアがあくとそのたびに冷たい風が吹きこんできて、グロリアはそのたびに震えながら横幅の狭い赤い唇を引き結び、歯のあいだから息を吸いこむ音を立てまいとした。彼女の話はさっきから、田舎はとんでもなく寒い、今いるあたりで暮らすのは生き埋めにされるみたいなものだ、というようなことばかりだった。わたしはといえば、自分が下さなくてはならない決断のことを、カウンターの向こうの時計の針をくぐり抜けて近づいてくるその瞬間のことを、できるだけ考えまいとしていた。「ほんとわからないわ」と、グロリアがわたしに向かっていった。「マンハッタンに暖かくていい部屋があるのに、どうしてこんなところに来たいと思うのかしらね」

やっと時間になった。外の寒さは邪悪といってもいいほどだった。

容赦ない凍雨(とうう)と吹雪の直撃で市内全域が純白に

これはかつての悪名高い結氷以来のことと

寒さが医者の殺菌灯から照射される紫外線めいた淀みない流れとなって、どっと襲いかかってくるように思えた。家々がくしゃくしゃと縮こまって見える。表にいるとあまりにも寒くてなにも考えられなかった。

映画館のぬくもりの内に入ってからしばらくは、まさに天国だった。この世でなにか望むとしたら暖かくしていることだけだという気がした。そのとき、ロビーの向こうで虚ろに光る鏡に映った自分の姿が目に入り、目と口のまわりの黒ずんだ皺に気づいた。いやだわ、と、わたしは胸の内でひとりごちた。ここ最近なんという顔になってしまったのか。ニューヨークの暮らしがつらい証拠だ。

映画は北西騎馬警官隊の話で、大量の血が流れて何度も旗が振られた。要するにユニオンジャックを見るたびに感傷的な気分を味わって楽しめるわけね、とグロリアがいった。彼女の話しかたはいつもこうだ。なにをいっても、優美な小蛇がこちらに向かってチロチロ舌を出している姿を連想させる。

グロリアのそんな感想を聞かされて、わたしは北西騎馬警官隊の行動を追うのをやめ、英国について、自分の英国に対する感情について、考えてみることにした。そもそも英国に対してわたしはなんらかの感情をいだいているのだろうか。そういえば二、三日前、セントレジス・ホテルのそばにロールス・ロイスが駐まっているのに気づいて、英国(グレート・ブリテン)をあらわす「GB」の国際識別記号プレートが後ろについているかどうかわざわざ確かめにいき、ついていたので嬉しくなったということがあった。そのときはこの出来事を気にも留めなかったが、今こうして息苦しい闇のなかで思い返すと、これまででなによりも悲しい出来事、耐えがたいほど惨めな出来事のような気がしてきた。客観的に見ても、文字どおり心を引き裂くたぐいの出来事としか思えなかった。

吹雪で凍えたハト、六十二丁目とセントラルパーク西の交差点で足がベンチに貼りついた状態で見つかる

すでにあらゆる度合いの寒さを経験したつもりになっていたが、闇のなかをドレイク夫妻の家に向かう車のなかはまたいちだんと寒かった。長ズボンにムートンブーツのグロリアはなんでもなさそうだったが、街着のわたしは震えが止まらず、とにかく後部座席で縮こまってすわっているほかなかった。膝掛けなどない。五分もすると両脚の感覚がなくなってきた。わたしは身をかがめ、すべすべと冷たく感じるナイロン・ストッキング越しに足首をさすった。ワイパーがフロントガラスをぬぐうそばから霜がこびりついては曇らせる。路面が凍結した箇所はすべりやすく、アルはゆっくりと車を走らせた。これだけ寒いとありがたい面もある。寒すぎてなにも考えられないのだ。

家に着くころには寒さで体が強ばって、車からおりるのが一苦労だった。

アル・レヴァインさん、東四十二丁目に駐めた車にもどるとフローズンデザートと化した車がそこに

頭上には破滅を思わす空が黒く撓(たわ)んでいた。その空から突然なにかが落ちてきた。漆黒から無数の矢が放たれたかのようだった。空中にあるあいだは雨の長い矢柄が落ちてくるふうに見えるが、なにかに触れたとたん、片っ端から氷に変わっていく。顔に当たると鞭そのものの痛みが弾けた。

「まいったな。氷の嵐だ」アルがいった。「ご婦人方は先になかに入って。車を車庫に入れてくるから」

グロリアとわたしは家に駆けこんだ。果てしない夜が始まった。夕食を食べてレコードを聞くと、あとはぼんやりすわっているしかなかった。ドレイク家の子供たちは床で遊んだ。ずいぶん騒々しくて、なにも考えられなかった。グロリアがわたしに向かって、どんな問題をかかえているのか突き止めてやろうといわんばかりに、例の蛇の舌めいた質問をつぎからつぎへと繰り出した。

「アメリカを離れようかと思って」とうとうわたしは打ち明けた。

「離れてなにかしたいことでもあるの?」グロリアは尋ねた。

「こっちでの暮らしをつづけられそうにないから」わたしはいった。

「ひとりですごくよくやってるじゃないか」アルがいった。「ついこのあいだゼロから始めたと思ったら、もうそれなりに稼いで、しゃれた部屋に住んで、友だちもたくさんできて。まったく、これ以上なにが欲しいんだ？」

「甘ったれてるのよ。あんたの場合、それが問題」とグロリア。「昔から特別扱いされすぎだったものね。ほんとのどん底ってものを知らないでしょ、あたしたちが初めてニューヨークに来たときみたいな。便利なものを全部そろえて『はいどうぞ』と差し出されないかぎり、なんにもやり遂げられないんだから」

「外国でのひとり暮らしはつらいものなのよ」わたしはいった。

「わからないわね」とグロリア。「そんなにつらくて、どうしてああもはっきりものがいえるの？どうしてあんなふうになんでも書けるの？」

アルの虚ろな美しい獣の目がこちらを見ている。

「ひとりきりってのは、確かにきついものがあるな」彼は独特のおっとりとした口調でいった。「グロリアとおれの場合、苦しいときもいつもふたりだった。無一文ってのは、そりゃまあつらかったよ。だけどある意味、ほんとうにつらいわけじゃなかった。多少金が入るとすぐなるべくでかいステーキ肉を買ってきてさ、家で料理してふたりで食べて、それでまたやっていこうって気になれたし」

「この人にはチャールズがいるじゃないの」グロリアがいった。

「もういない」とわたし。

「別れてもいつだってお金くらい出してくれるでしょうに」とグロリア。

「なんでもお金で解決できるとはかぎらないのよ」わたしはいった。

全市を襲った突然の凍雨嵐に
事故が相次ぎ

「ないよりましだわ」グロリアはいった。

わたしはそそくさと席を立って窓から外を見た。室内は暑いくらいだったが、窓の外側には氷の涙が房飾りのように垂れ下がっていた。

救急車が連日連夜の出動

自己憐憫はみっともないと、わたしは胸の内でつぶやいた。

「ほんと、同情する気にもなれない」グロリアはいった。

夜はいつまでもいつまでもつづいた。ときどきアルが外のようすを見にいった。そのたびに、嵐はまだやみそうにないよといいながらもどってきた。わたしたちはなんとか時間をやり過ごし、やっと寝室に引き取った。

朝になると、世界は見たこともないほど不気味で恐ろしいものに変貌していた。新しい信じがたい世界。氷はもう空から降ってはいないが、ありとあらゆるものが氷の重荷に喘いでいた。木という木が氷を纏(まと)って首(こうべ)を垂れ、小枝の一本一本まで包みこむ透明な分厚い氷の殻の重さで太い枝が折れたものもあれば、幹が折れたもののもちらほら見えた。

朝食がすむと、わたしはいちばん暖かい格好をして、その恐ろしい荒廃のなかに出た。きらきらした氷らしい輝きはない。太陽が照っていないのだ。空はまだ敵意に満ちた灰色で、どちらを向いても目路(めじ)のかぎり灰色のカーテンめいた濃い霧で閉ざされていた。絶対的な静止と静寂。完全なる無。

凍った道路は歩きにくかった。

この孤独はわたしの孤独だと、そう思った。わたしはこの氷の世界に存在するただひとりの人間なのだ。氷の柩に納まった茨の小枝に手を伸ばして折り取った。ベネチアガラスの花瓶よりもなお脆かった。

ときおり足をすべらせながら、わたしはぎこちなく氷の上を歩きつづけた。折れなかった大木が何本も霧のなかで不透明な噴水のように枝を広げていた。曇り水晶のような噴流ひとつひとつの中心に、黒い枝が糸のように通っている。木々は美しいと同時に恐ろしかった。わたしは木々を怖がるまいとした。神さまお願いです、どうか自然界のものにまで恐怖心をいだかせないでください。恐ろしいのは人間の世界だけで充分です……。

電信線は大部分が切れていて、どれも一様に太さ四インチほどの硬い氷でくるまれていた。電信線をくるむ氷はぎざぎざで、塀を越えられないようにてっぺんに植えこまれた忍び返しを思わせる。ただし、こちらのぎざぎざは下向きだった。こういう氷の鎧が、切れていない電信線からときおり長さ一ヤードかそこらにわたって剝がれて落ちてくる。そうやって剝がれた氷が鉄の硬さの道路の氷にぶつかって砕ける音は、静寂のなかで爆弾が爆発したかのように唐突で恐ろしかった。

やがて松林に来た。それぞれの木がさまざまな格好に折れ曲がった姿は、孤独な瞑想に耽っているようでもあった。松葉は一本残らず硬く凍りついていた。逆立つ松葉で身を鎧って首(こうべ)を垂れる木々は、ドラゴンの、恐竜の、弓なりになった首にも見えた。たいそう幻想的な姿だった。幻想的で寂しかった。

なんにせよ、これからもその土地その土地でいろいろな経験をすることになるのだろうと、わたしは思った。最近はとにかくあちらこちらを旅している。赤道を六回渡り、キューバではハリケーン、そして今回のコネチカットでは氷の嵐だ。

その日はほぼ一日中、氷の下の恐ろしくも美しいコネチカットを眺めて過ごした。歩きまわっているうちに気分もいくらかましになった。

メイフラワー・ホテルのドラッグストア店主、公園のベンチで凍死しかけたハトを保護

暗くなると気温が上がり、氷は溶けはじめた。せめて霜には持ちこたえてほしかった。霜があれば駅まで車で行くのは無理だろうから、気分がもっとましになるまでまた自然のなかを足の向くまま歩きまわり、熟慮のうえで決断を下すこともできるはずだ。

だが、夜のあいだに屋根の氷がゆっくりと重たげにずり落ちていって地響きとともに地面に激突する音が聞こえたとき、ニューヨークにもどらなくてはならないと悟った。

翌日はアルが車で駅まで送ってくれた。路上の氷はぬかるんできていた。木々はまたすっかり黒くなっている。わたしは氷の嵐を経験したものの、それ以外はあいかわらず過去の優柔不断の日々のまま、なにひとつ変わっていなかった。

車窓から眺めると、異様な荒廃の跡が、氷の残骸が

凍雨で全市がぬかるみに

通りを埋めつくしていた。

列車のなかは暑すぎるほどだった。わたしはじっとすわってニューヨークへと運ばれていった。ほとんどなにも考えなかった。なにも決めようとしなかった。すべてを成行きにまかせるのがいいような気がした。どんなことに対しても下すべき決断はあまりにも多く、決断を下すための価値観は決して不変ではなかったから。

小ネズミ、靴

Mouse, Shoes

初めて売られることになったときわたしは十歳の誕生日を迎えたばかりだったけれど、育った施設以外の家の記憶はなかった。売られるのは珍しいことではない。ここの施設の子は十歳くらいになると、会ったこともない仲介業者の手に渡るのがふつうだったから。ごくたまに、買い手が自分で施設に来て選ぶこともあった。でも、原則としてわたしたちの売りかたは施設の管理者たちに一任されていて、ひとりでとか、何人かまとめてとか、ふたりでとか、すべて上の人たちの裁量と需要で決められた。

そういうことがいくらかわかる年齢（とし）になってからは、自分の番が来たら、まとめて買ってもらうのがいいと思うようになった。もともと臆病な性格で、集団生活（単調だし人間味はないけれど、とりあえず慣れている）を離れて想像もつかない見知らぬ外の世界に旅立つのが怖くてたまらなかったのだ。そう、住み慣れた環境から引き離されたら、知っている顔の支えなしには生きていけそうにない気がして……。もちろんときどき空想にふけることはあって、優しいご主人さま（男でも女でもいいから）に娘として迎え入れられて、愛情と家と贈り物をもらう、などという夢を飽きもせず見たりもした。わたしたちみんなが、そんなおとぎ話みたいな憧れを抱いていたと思う。といっても、共同寝室のベッドのあいだでささやき交わされるこういう話を、わたしは（少なくとも個人的には）心の底から本気で信じていたわけではない。幸運の星というものは、ほかの子の上になら——器量がよくて頭がよくて大胆な子や、愛嬌があったり巻毛だったりする子の上になら、輝くこともあるかもしれない。でもわたしは地味で、つまらなくて、ひっこみ思案な人間で、そんな夢が実現するわけがないことをわきまえていた。

いっときの心細さを別にすれば、施設の子たちはだいたいみんな、自由で刺激的な生活の始まりとして売られるのを楽しみにしていた。わたし自身の態度がちがっていたのは、ひとえに臆病で神経質すぎる性格と劣等感のせいだ。十歳の誕生日が目前に迫ると、わたしは絶え間ない不安に苛まれるようになった。あまりにも不安で、売られる日取りが決まったと告げられたときは、ひとりで行くことになったにもかかわらず、逆にほっとしたくらいだった。なにか事情があったのか、引渡しのことは数日前に知らされたのだけれど、その時期がいちばん楽しかったという記憶がある。

生まれて初めて、わたしは周囲の関心の的になった。誰も彼もがわたしに頼みごとやら助言やらをしようとするのだ。以前はわたしになど目もくれなかった人気者の子たちまでが、今は食事時というと隣にすわりたがったし、仕事の手伝いというとわたしを選びたがった。短いあいだとはいえ注目を浴びるのが嬉しくて浮かれてしまって、これから先どんなことが起きるのか、ほんとうに間際になるまでまったく実感が湧かなかった。

最後の朝の目覚めのことは今でもはっきり覚えている。季節は夏。窓越しの太陽が共同寝室のわたしのベッドを早くから斜めに照らしていた。ここで横たわる自分をこの光が照らすことは二度とない——そう思ったとたん、遅ればせながら急にこれからのことが実感として襲いかかってきた。この先このベッドが存在して、つぎからつぎへと別の子に受け継がれていくあいだ、永遠にも思える無機物としてのその長い寿命が尽きるまで、わたしがこれを目にすることはもう絶対にありえないのだ。幸せな朝の目覚めも夜の夢も、ほとんどをこの固くて醜い鉄のベッドの上で味わったというのに……。不意に、このベッドがたったひとりの友人で、その友人に永久の別れを告げようとしている気がしてきた。わたしは頭からベッドクロスをかぶり、金属フレームにしがみつき、枕を涙で濡らした。そうこうするうち近くの子たちが起き出してきて、無理やり気持ちを抑えこむしかなくなった。

いつものようにベルが鳴り、わたしはなんとか身だしなみを整えて定められた日課をこなし、時間が来ると、大食堂で最後の朝食の席に着いた。大食堂はたぶんいつもの夏の朝とおなじに見えていたはずだ。でもその朝のわたしには、長いテーブルも、お皿のカタカタいう音も、声も、わが子を生贄に捧げようとするアブラハムを描いた巨大な壁の浮彫も、記憶にあるかぎりの昔から毎日あたりまえのように見聞きしていたなにもかもが、無意味で馴染みのないものに映った。だって、そのすべてとのつながりが断たれようとしていたのだから。席についたわたしの周囲の見慣れた顔が、よく知っているものすべてが、一瞬ごとに少しずつふわふわ遠ざかっていく気がした。あまりにも神経が昂ぶっていて食べるどころではなかったけれど、ひどく喉が渇いていたことは覚えている。なのに、薄い紅茶のマグをどうやって唇まで持ち上げたらいいのかわからなかった。今の不様な状態が注目を浴びそうで怖かった。わたしはつのる不安を抱えたまま、うまく動いてくれない両手を見下ろした。誰か別の人の手のようだった。なにかやりそこねたらその人のせいなのに、叱られるのはわたしなのだ。

ポリッジには灰色のざらざらしたお砂糖をかけてもいいことになっていたけれど、塊だらけでべたべたしたそれが、わたしは前から大嫌いだった。でもその日は、見ただけでもう吐きそうになってしまって……。われながらよくお砂糖のボウルを隣の子から受け取って気味の悪い塊のなかにスプーンをつっこんだものだと思う。大食堂中に一部始終をじっと見られているのを感じながら、わたしはスプーンとボウルを取り落とし、吐き気をこらえて勢いよく立ち上がると、自分ですくい取った灰色の繊維めいたウジ虫たち――ねとつく物質のなかでじわじわ溺れる運命を免れようと弱々しくしぶとく抵抗するべたべたした塊――を床に残したまま、ドアから外へ飛び出した。

そういうわけで、新たな所有者になる人が迎えにくるはずの日に、わたしは反省室に入れられることになった。窓もないその場所では時間は存在しなくなって、過ぎていく毎秒の積み重ねは無と同じだった。そのうち自分自身も存在しなくなりそうな気がした。どうか新しいご主人さまが来る前に終わりが来ますようにと、わたしは祈った。冷たい石の上に横たわっているうちに、なんだか体から色と重さが流れ出して、どんどん透明になっていって、髪は綿のように艶もこしもなくなって、目の色さえ涙で洗い流されてしまった、そんな気持ちになった。ああそうか、さっきの祈りが聞き届けられたにちがいない、もう死ぬんだと、そう思った。まだ見ぬ買い手はわたしの突然の死を知らされるのかしら、それとも、説明なしに代わりの子を渡されるのかしらなどと、ぼんやり考えたりもした。

そのうち眠ってしまったらしい。つぎに思い出せるのは、清潔な服に慌ただしく着替えさせられて、二度と見ることはないと思っていた太陽の下へと追い出されたことだ。なにもかも正式な手順どおりにおこなわれたのだろうけれど、譲渡が完了したとき誰が立ち合ったのかはまったく覚えていない。わたしは気もそぞろだった。施設の門で行き止まりになる土埃の白い田舎道をやってくるふたつの人影に、すっかり心を奪われていた。じっと動かない太陽が、覗き見するのっぺらぼうの少女たちの白い顔みたいに地平線に並んだ小さな雲の群れが、あらゆるものが、わたしといっしょに見つめている――そんな映像が記憶に残っている。

ふたつの人影がとてもゆっくり進んできたというのは、おそらく単なる想像だったのだろう。女性のほうが連れに話しかけるのが見えた。連れは若い男性で、背の高さは女性と同じくらい。わたしは値踏みするような視線にさらされているのを痛いほど意識しながら、ふたりが歩調を速めるでも緩めるでもなく、こちらになにか合図をするでもなく、だんだんと近づいてくるのをただ見つめているほかなかった。底知れない無力感をおぼえた。あの人たちがここまで来ないうちにわたしを飲みこんでおくれと地面に向かって祈っても、どうにもならないことはわかっていた。とっくに試してみて、精一杯心をこめたのに、なにも起きなかったから。走って逃げても、すぐ追いつかれて連れもどされてしまうだろう。だからわたしは、自分の弱さと絶望の果ての冷静さが命じるままに、じっとその場に立っていた。背後はわたしが唯一知っている家の高い塀で、鉄の門はすでに閉ざされて入れない。前方は平らな緑の野原で、隠れるところはひとつもない。頭上は青い空が蓋をして、わたしを運命もろとも、逃れがたく無情に近づいてくるあの見知らぬふたりもろとも、閉じこめている……。ふたりが目の前に来て足をとめたとき、もうそれ以上見ていることができなくて、わたしは目を伏せて地面を見つめた。

白い土埃が円形の視野に侵入してきた。女性が、わたしの所有者になる人が、片足でトントン道を叩いて、ほっそりした靴の爪先で土埃を立てていた。わたしは靴全体が見える位置まで視線をずらし、たちまち心を奪われた。どんな贅沢を夢に見ても、これほど美しい靴は想像したことがなかった。ピンクがかつた淡いクリーム色の最高級の鹿革製で、優美そのものの風合いで、南国の果物の皮みたいに産毛で覆われている（もちろん、そんな果物も現実には見たことがなかった）。女王か、四季を通して花びらの散り敷く道を歩く幸運な人にこそふさわしい、そんなふうに思える靴だった。わたしごときが歩くふつうの道の土埃で汚すのは冒瀆以外のなにものでもない――そのわたしはといえば、靴にすっかり魅了され、自分が置かれた恐ろしい状況のことも忘れかけていた。

「『おはようございます、奥さま』くらいおっしゃいな。礼儀を教わらなかったの？」

耳に心地よい奥さまの声は、楽しげでありながらどことなく険悪で、大きな高圧的な声ではっきり命じられるか、褒められるか、叱られるかする状況にしか慣れていなかったわたしには、なんとも理解しがたいものだった。戸惑いと驚きに思わず顔を上げると、声に劣らず理解しがたい表情が待っていて、すぐまたわたしは目を伏せた。遠目には女性の面差しの細部までわかったわけもないのに、靴と同じでどこを取っても優美なはずだと、わたしは見もしないで決めてかかっていた。眩惑され、圧倒されて、ことばをかけるどころか顔を見るのも無理だった。その声、いでたち、しぐさ、なにもかもが、過去の狭い生活で出会ったどんなものともまるで似ていなくて、わたしのなかにこれでもかというほどの不安と混乱を引き起こし、なけなしの思考力まで奪い去ったのだ。不安をつのらせながらじっと見つめていると、足のトントンのテンポが速まった。土埃の小さな塊が舞い上がっては舞い下りて、道路のそこが脈打っているかのようだった。女性がふたたび口をひらき、若い男性を息子だと紹介したときには、靴はうっすら埃をかぶっていた。

「このフェリックスがおまえの主人よ。礼儀正しいところを見せておいたほうがいいんじゃないこと？」

ますます不安をかき立てられて、わたしはふたたび顔を上げた。もはや声はあからさまな脅しになっていたけれど、あいかわらずわたしには理解しがたいものだった。「主人」として紹介された人物はどう見てもわたしと何歳もちがわないように思えたが、洗練されて自信たっぷりなその態度に気圧されて、わたしはまたしても靴に目を落とした。靴は今やもわもわと土煙に包まれていた。

「なんとかおっしゃいな！　おまえは人間のはずでしょうが――口のきけない小ネズミでもあるまいし」

脅しを戯(おど)けにくるむという奥さまの奇妙な物言いは、どれほど激しい怒りの爆発よりも恐ろしいものだった。包み隠しようのない怒りをたたえた軽口は、なんだかあらゆるものを非現実的に思わせた。堅牢な世界が揺らめく夢の風景のなかへ溶けて消えていくような気がした。こんな不条理な雰囲気のなかで、自分がとんでもない大罪を犯さなかったと断言できるわけがない。それどころか、これはまちがいなく罪を犯したせいだ、身に覚えのない行為の結果から救われることは決してないのだと、急にそんな気持ちになってきた。この名もなき罪という考えにわたしはすっかり打ちのめされて、石にでもなったように立ちつくすばかりだった。神にも人にも、もはやすがることはできなかった。

ところが、ここまで追いつめられていてさえ、あの靴はささやかな慰めの源となって、なおもわたしの想像力に不思議な支配力をおよぼしつづけていた。靴の片割れが離れたところでじっと控えていることに、今さらながらわたしは気づいた。どことなく、落ち着きのない相棒がかき立てる砂埃を避けようとしているようにも見えた。その控え目なようすがうかがわせる優しさにわたしは迷わず身を委ね、同時に、そちらの靴に自分の命運をかけた。今のところ、その美しい表面は損なわれていなかった。土埃よあの上に落ちるなと、わたしは全身全霊で念じた——もし靴が土埃をかぶったら、わたしの命運は尽きるのだ。

「なんなの、この娘は。口のきけない子供を売りつけられたのかしら」

これが聞こえても、わたしは顔を上げなかった。活発なほうの足の振舞いに、すっかり気が動顛していたからだ。そちらの足は今やバタバタ地団駄踏んでいるといってもいいほどで、扇型に舞い上がる土埃がまるで噴水のようだった。どう見ても相棒の靴にはうっすらと土埃の幕がかかっている。でも、赤ちゃんのほっぺの白い粉のようなもので、たいしたことはない……鹿革が土埃をかぶったといえるほどでは絶対ない……。

「この小ネズミがしゃべれるか確かめてみるよ」

藁にもすがる思いで人生の一大事に集中しきっていたせいで、男性の声は聞こえていたのに、心の準備ができないうちに、思いも寄らないことが起きた。大きな獣めいて見えるものが飛びかかってきたのだ。わたしがよろめいて転びそうになったところをフェリックスはすばやく捕らえて、尖った指先でわたしの肩をつまみ、腕をひねり、あちらへこちらへと揺さぶった。わたしのほうはそのあいだもずっと、自分たちの足が蹴立てる土煙が魔法の靴にかからないようにすることしか頭になかった。つかみあいはほどなく終わった。それなのに、主人になるはずの人はわたしを放すどころか、つかまえたままいっぱいに腕をのばし、ぞっとするようなゆがんだ顔で、こちらをまともに睨みつけている。と、いきなり、すぼめて突き出た唇をくっつけんばかりにわたしの頬に寄せてわめきたてた。

「口をあけろ！　舌があるか見せろ！」こんな間近だと、ゆがんだ顔は恐ろしいほど大きくて生白くて、ちっとも人間に見えなくて、わたしは身をもぎ離そうともがきながら、怖くてついに沈黙の殻を破り、情けない泣き声を放つことになった。

「ああ！　この小ネズミは、少なくともキーキーいえるわけだ」フェリックスが得意げに叫んで、唇をぺろりと舐めた。そのようすが、子供の想像力にとっては口にするのもおぞましい化物——猫頭の人喰い鬼めいたもの——を連想させて、わたしはなんとか逃げようと弱々しくもがいた。フェリックスの視線はそんなわたしから一瞬たりとも離れなかった。その目つきからして、きっと催眠術でもかけるつもりだったにちがいない。もっとも、そこまで手間をかける必要はなかった。わたしは逆らう気力をなくしていた。フェリックスがわたしの手首をつかんで振りまわしはじめたときは、半分死んだようなありさまで、ぐったりと為すがままに任せるしかなかった。いよいよ速く振りまわしながら、フェリックスは呪文のようなものを口ずさむのだけれど――「白ネズミしゃべれない、猫に舌を取られた」――それがまた聞いたこともないほど恐ろしく思えた。やがてわたしは宙を飛ぶような足運びを御すことがまったくできなくなった。足がもつれ、片足がもう片足につまずき、地面から離れ、今や振りまわされる体の重さ全部を手首で受け止めるほかなくなった。そこに集中する突き刺すような痛みといったら！　いつまでこれがつづくのかと思ったとたん、吠えるような叫びとともに、フェリックスが手首を放した。

一瞬ふらついてから、わたしはうつぶせに倒れ臥した。渦巻く土埃の息苦しい雲に包まれてなにも見えないし、目がまわってなにがどうなったのかも定かでなかった。自分の頬が載っているクッションの正体にも気づかなくて、倒れているのが靴の上、染みひとつない状態に最後の望みがかかっているように思えたあの靴の上だということもわかっていなかった――それがいきなり引き抜かれたかと思うと、わたしの脇腹を鋭く小突く凶器と化した。

「このノロマ娘――なんてことをするの！」

それまでに浴びせられたことば同様、これにも返事をしようという気はまったく起きなかった。

奥さまたちの振舞いはわたしにはちっともわけがわからなかった。ふたりのことばを聞き流していられたのは、そのせいだ。なんというか、あちらはわたしの知らない言語でしゃべっていて、だからわたしにとってはどうでもいい、こちらの現実や感情とは関係ない、そんな感じだったのだ。すでにわたしは肘をついて体を起こし、柔らかいスエードの上のきたならしい血の染みを目にしていた。恐怖に凍りついてそれを見つめるうちに、こらえきれなくなった涙があふれて、夕立の大きな雨粒のように土埃に穴を穿った。

そのわたしの悲しみを馬鹿にしてからかう、フェリックスの大きな声が響いた。急に悲しみが憎しみに変わった——この冒瀆の責めを負うべきはこの人じゃないか。こんなことをしでかしたこの人が憎い。靴が無垢なままでありますようにと祈りつづけていたのに、それが汚れたのはこの人のせいだ、わたしのせいじゃない……。わたしの幼い心にとってあの靴は、うまく表現できないながらも、なにか完璧さのようなものの象徴だった。それが埃まみれになったことで、恐怖をしのぐ怒りがかき立てられた。確かにわたしは臆病者だったけれど、フェリックスが染みのようすを見ようとかがみこみ、靴が見えなくなったときのわたしは、われを忘れていた。遠近感のせいでいやに小さく見える短髪の後頭部は、想像を絶する邪悪な力を持った憎くて恐ろしい怪物のものに思えたが、それにもかかわらず、恐怖よりも憎悪が勝った。見ていると、フェリックスがハンカチーフを取り出した。その意図がわかって、やり場のない怒りの波がさらに高まった。

わたしは持てる勇気をかき集めて、ためらいなしに――というより考えなしに、フェリックスのこごめた肩めがけて決死の覚悟で飛びかかった。ところが、ハンカチーフを奪い取る間もなく、ふりむいたフェリックスに抱きすくめられた。どういうわけか顎がジャケットの襞に挟まり、生地に鼻をふさがれ、まともに息ができなくなって、わたしはツイードのにおいに急き立てられるように無我夢中で身を振りほどいた。それからすばやく後ずさると、それでも残った力をふりしぼってもう一度飛びかかり、ほら今だ、嚙みつけよ、と誘うように目の前に差しのべられた首筋に、思い切り歯を立てた。

主人は悲鳴を上げると――痛かったというより驚いたのだろう、わたしの顎の力など本物のネズミとたいして変わらなかったはずだから――腕を振り上げてわたしを押しのけようとした。でもその隙に、わたしはもう一度ハンカチーフに手を伸ばして、こんどこそうまくひったくった。地面に振り飛ばされながらも、空に放ったハンカチーフが風にさらわれて、施設の高い塀の向こうへと飛ばされていくのが見えて、わたしは満足だった。ともあれ、臆病な小ネズミの強い想いは通じたことがわかった。そう――どんなふうに仕返しされるかと怯えながら、息も絶えだえに道にひっくりかえっていたわたしは、そのうち、奥さまが笑っているのに気づいたのだ。ずっとあとになって、この奇特で気まぐれな女性が聞かせてくれたことだけれど、じつは奥さまはわたしに満足できなくて、施設にもどして交換を求める気になっていたとか。ところが、聞いたとおりのいいかたを借りると、「小ネズミが反撃したんですもの」。そんなわけで、土壇場でわたしが見せた気骨（きこつ）が、この娘を引き取ろうという決心に結びつくことになったのだそうだ。

或る終わり

The End of Something

幼いオットセイがおりました。赤ん坊といってもいいほどで、自分が飲みこんだものがなんなのかも知りませんでした。そんな鋭い棘を生やしたものは見たことがなかったのです。それが体のなかを突き刺していました。感じるのは痛みだけ。力がどんどん抜けてゆき、泳ぎがどんどん遅くなってゆきます。今は岸からそれほど離れていないところを、ひとりぼっちで泳いでいました。ほんとうはさっきからずっと浜へ向かっていたのですが、それには気づいていませんでした。

磯波とケルプの林に挟まれた静かな水のなかで、オットセイは泳ぎをやめてくるりと横向きになりました。日の出直前の朝まだき。空はピンクの光に染まり、海はミルクのよう、ケルプが水を透かして見えるあたりだけ痣を思わす紫色です。行く手に磯波が見えて、オットセイは岸へ向かっていることに気づきました。そのときやっと悟りました。ああそうだ、ほんとうは海を出て岩にのぼって横になって休みたいのだ……。けれど、そうしたいと強く望んでいるくせに、そうするなと押しとどめるものがあるようにも思えます。波のないところでじっと浮かんでいれば、仲間を追って泳ぐ力がもどるまで休めるだろう……。オットセイはしばらくのあいだひれの片方と尾の半分だけを水面から突き出して浮かんでいました。ときどき頭を上げて空気を吸います。ところが、そうしていても体のなかの痛みはひどくなるばかり、水のなかではちっとも休めません。オットセイはふたたびくるりと下を向き、浜をめざしてゆっくりゆっくり泳ぎだしました。

磯波にぶつかったときいったいなにが起きたのか、幼いオットセイにはさっぱりわけがわかりませんでした。以前は波はいつも優しい緑色のぶらんこで、ハンモックに乗ったようにゆらゆら心地よく揺すってくれました。それが今は腹を立てているといわんばかり、仇（かたき）のように荒々しく襲いかかり、引き裂き、岩に叩きつけようとするのです。やっとのことで磯波を抜けたときには、オットセイはもうくたくたになっておりました。

おりしも満ち潮で、波が岩場に押し上げてくれました。若草のようにきれいな緑色の海藻に覆われた切り立つ岩場を、オットセイは何度もすべりながらやっとのことで這いのぼり、高い岩陰に平らなところを見つけると、そこに体を横たえました。波や岩と格闘したせいで、片方のひれが少し痛みました。血が出ていましたが、たいそうくたびれていて気づきもしませんでした。

ビーチハウスで暮らす男女が、裏手にある梯子（はしご）風の木の階段で岩場におりて、昼前の強い日射しのなかを歩きだした。男はオーストラリア人で、足を止めては潮だまりを覗きこんでいる。女はずっと先のほうだ。こんがり日に焼けた肌は、風に吹き乱された金の髪より数段色が濃い。

「ねえ、見て！」女が男に叫んだ。「オットセイがいるわ。岩の上で寝てる」

　男が女のそばに行き、ふたりは目の前の岩棚に横たわるオットセイを見下ろした。オットセイは目を覚ましており、今は頭をもたげてふたりを見つめていた。どんよりと光沢のない目は全体が真っ黒だ。鼻面は犬めいて、鼻孔がひくひく動いている。

「病気みたいだな」男がいった。ショートパンツに履き古したテニスシューズという格好の男は、身をかがめると、骨張って日に焼けた剝き出しの膝に両手を当てて、深い青をした目でオットセイを見つめた。

「怪我してる。ひれに血がついてるわ」女がいった。

「そっちはたいしたことない。それくらいでここまで具合が悪そうにはならないよ」

「休んでいるだけかもしれないわね。午後の満ち汐で行っちゃうんじゃないかしら」

　ふたりはそのままもうしばらくオットセイを見守った。オットセイは今は首をねじ曲げて、妙な具合に体をよじりはじめていた。毛皮が斑模様に乾いている。乾いた部分は美しい黄金色だ。ずいぶん小さなオットセイだった。

「きっと見られているのが嫌なんだわ」女がいった。「あの目の感じ、ほっといてくれっていってるみたい」

男と女は連れ立って岩棚をのぼり先へと歩きつづけた。潮騒の轟きは話し声をかき消すほどで、ふたりは長いことことばを交わさずにいた。やがて男が口をひらいた。

「さっきのオットセイ、なんだかようすが気になる。あんなふうに体を曲げたりねじったり、おかしいよ。やっぱり病気なんじゃないかな」

女は返事をしなかった。岩の上にはぬるぬるした、踏むとプチプチ弾ける海藻がたくさんあって、女は初めてここに来たときのことを思い出していた。あのときは男といっしょにわざとこれを踏んで歩き、弾けるたびにほほえみ交わしたものだ。だが今は、ふたりともむしろ踏まずに避けているようで、どちらかが音をさせても聞こえないふりをして、ほほえみ交わすこともなかった。

オットセイは岩棚でぺたりと腹這いになっておりました。毛皮はもうすっかり乾いて岩とほとんど同じ黄金色になり、そこにいても容易にはわかりません。目は閉じられて、唯一動くのは呼吸のたびにわずかに膨らむ脇腹だけ。今は体のなかの痛みがつらくてたまらず、オットセイは弱っていくいっぽうでした。数分ごとに痛みががまんできなくなって、首をねじり、体を弓なりに反らし、それからまたぺたりと腹這いになります。熱い太陽の下で皮膚は乾いて焙(あぶ)られて、岩で傷ついたひれにはハエがたかっていましたが、オットセイはじっと横たわったまま、小さな耳と鼻孔にハエが止まると、そこをぴくりと動かすだけでした。誰かが置いていった魚が一匹、すぐそばに見えました。その魚のにおいに引かれて、ハエがたくさん寄ってくるのでした。

その日の昼過ぎ、ビーチハウスの男女はカモメにパンの切れ端を与えていた。浜辺を見下ろすベランダに出て宙に向かってパンを投げると、カモメが何羽か風に乗ってすべるように近づいてくる。カモメたちはホバリングしながら鋭い声で鳴きたてて、パンを投げるたびに急降下でキャッチしては海へともどり、もっとよこせとまた近づいた。ときおりペリカンが悠然と翼をはためかせて見物しにきて、興味がなさそうに離れていった。男が立っているところから、岩の上のオットセイが見えた。ペリカンやカモメの影がオットセイの毛衣の上を走り過ぎると、オットセイはそのたびわずかに身じろいだ。

「カモメは病気のオットセイも襲うのかな」男は女に話しかけた。「目玉をつつくとか。オーストラリアじゃ、病気のヒツジがやられてさ。たいてい目玉と肝臓が狙われる」

カモメがいなくなっても、男はまだベランダでオットセイを眺めていた。午後になってから海岸にはちらほら人が出ていたが、オットセイに気づく者はまだいない。腹這いになったオットセイは小さくて、誰かが岩場に忘れていった古コートめいて形なく、くたっとしている。なにがなし自分の皮膚の内側に縮んでいくようにも見えた。

「たぶんこの日射しはオットセイには暑すぎるんだ」男はいった。「下に行ってちょっと見てくる」

弱った体に影が落ちるたび自分を深い眠りから引きずり出すものがなんなのか、オットセイは知りませんでした。危険を察する先祖譲りの本能で反応しているだけなのです。カモメの姿が消えるとすぐにオットセイは岩の上でひらたくなって、ひれをぴたりと脇に寄せました。弱るほどに痛みは遠ざかってゆき、今ではほとんど自分に関係ないもののようにも思えます。オットセイは海の夢にすべりこもうとしていました。そのとき風がこちらに吹いてきて、漂ってきたにおいに夢からひきずり起こされました。人間が近づいてくる音がします。いくつかの足音と声。それから犬の喘ぎと四肢で岩を掻く忙しない音。オットセイはじっと動かずに、意識を内側に集中しました。このまま通りすぎてくれ、自分と痛みのあいだに入りこもうとしていた海の夢にもどらせてくれと、ひたすら願いました。犬はぐんぐん近づいてきます。オットセイは残った力をかき集め、犬に襲われたときに備えて身構えました。

犬はオットセイを見てずいぶん驚いたようです。岩場の斜面を駆けのぼろうとしていたのが、急に立ち止まって後ずさり、ぎょっとした顔で立ちすくみました。それから、黒い毛を逆立ててうなりだしました。うなり声が響くや、オットセイは全力をふりしぼって頭を高くもたげると、ひれで支えて体を起こし、咳するように、うめくように、一声吠えました。

「おい、そっとしといてやれ。そいつは病気だ。それくらいわかるだろうが。それと、犬を呼びもどせ」

オーストラリア人の怒声が響いた。

男は怒りもあらわに少年たちに近づいた。ふたつの青い目と引き結んだ唇ばかりが目立つ日焼けした顔に、侮蔑の表情が貼りついている。少年たちは黒い犬を連れてそそくさと岩場の向こうへ姿を消した。

男はオットセイに近づいて気がかりそうに見ていたが、やがて、そばにある少年聖歌隊員の椅子に似た小ぶりな岩の窪みに腰をおろした。オットセイは暗い、途方に暮れたような不安げな目を、わずかに男のほうへ向けた。もうよく見えていないらしい。そうやってしばらく男のほうを見ていたが、男がじっと動かずにいると、力を使い果たしてひどく疲れたのか、またぺたりと腹這いになって目を閉じた。男は静かにすわったまま思案顔でオットセイを見やった。よくよく見れば、敏感な鼻面にも、ぴんと伸びた何本ものひげにも、呼吸のたびかすかに動く鼻孔にも、ハエがたかっている。ひげがぴくぴく震えているところを見ると、ハエが気になるらしい。オットセイのかたわらの魚がハエを引き寄せているのだ。男は魚のしっぽをつまみあげ、遠くの潮だまりに投げこんだ。そこへ女がやってきた。

「どうなの、その子?」女は尋ね、岩場の少し上のほうで立ったままオットセイを見下ろした。横たわったオットセイはくたっと無様に小さくて、誰かが落としていった金色の古コートを思わせた。

「そうとう具合が悪いみたいだ。ほら、こんなにぺたんこになって、ぜんぜん動かない。目もおかしい——どんよりした感じで」

「死んじゃうのかしら」

「かもな。死ぬときはかならず岩場に上がるというし」

「魚、置いといたのよ。食べたの?」女は尋ねた。「なくなってるみたいだけど」

「いや。おれが捨てた。ハエが寄ってきて、こいつがうるさがってたから」

「じゃあ、あたしはそんなことさえちゃんとできなかったのね」女は胸の内でつぶやいた。沈黙が降りる。男は気遣わしげな顔つきで、眉間に深い皺を刻んでオットセイを見つめている。「この子になにかしてあげたいのに、なんにも思いつかない。こんな状態なのを見ていてなんにもしようとしないなんて、そんなのいや」

「どうしてあたしはいつでもなんでもまちがえるの?」女は考えつづけていた。「あたしのやることなすことといつもこの人をイライラさせるのはなぜ?」女は海岸線の向こうの遠い山並を眺めやった。どこまでも広がる満ち汐の海は深い青色、身をもたげる波は翡翠色。ゆるやかにうねる波の透きとおった緑のなかに、海藻の紫がかった影が見えた。海辺の小さな鳥たちが群れをなしてツバメのように海面すれすれを飛んでいく。優雅ですばしこい飛びかたは、まさにツバメそのものだ。白い体と白い細い翼に艶やかな黒い帯が見える。すぐ足元では男がたたずみ、眉をひそめてオットセイを見下ろしていた。

「単純に不思議なんだけど」女は声に出していった。「あなたってほんとに辛抱強くなれるし思いやりがあるのね——人間以外が相手だと」それから、心のなかでこうつぶやいた。「そんなことといっちゃだめ。けんかしちゃだめ」

「たぶん人間だけがおれに突っかかってくるからだろうな」

「あたし？　あたしがあなたに突っかかってるってこと?」そういってから、女は思った。「どうしてあたしはこの人をそっとしておいてあげられないのかしら」

「それは自分でもよくわかってるはずだ」

「どうしてそんなふうにいえるの?」女はそう思ったが、口には出さなかった。オットセイの上にかがみこむ男の頭を、女は見下ろした。頭頂部の髪が日にさらされてほかの部分より白っぽくなっている。それを見てわけもなく胸が詰まった。

「きみも動物やなにかに少しは感情移入してみるといい」しばらくして、男がいった。「そうすればたぶんちゃんとした人間関係が築けるようになる」

女は口をつぐんだまま、海を眺めてしばらくその場にたたずんでいた。どうして自分に対してこんなにすげないのか、男に訊いてみたかった。だが、そんなことは訊けそうになかった。

「そろそろもどる？」女は背を向けて、それだけ尋ねた。

「もうしばらくここにいて、こいつにちょっかい出すやつがいないか見張ってるよ」男はいった。

女は吐息を残して岩場をのぼっていった。


オットセイは今は海の夢の深い深いところにおりました。咳するような抵抗の吠え声に最後の力を奪われて、萎えゆく肺に空気を送る一息ごとにますます弱ってゆきました。痛みは遠くへ行ってしまって、もう気になりません。痛みのことも、ひどい疲れのことも、海へもどることも、わからなくなっていました。オットセイは海の夢のなかで群れといっしょに泳ぎ、磯波に揺られていました。磯波は波というより浮力のあるひんやりした緑の水のハンモック、力強い海の歌に合わせてゆらゆら揺れるひんやりと幸せな緑のゆりかご。深い安らかな水のなか、オットセイはゆらゆら、ゆらゆら揺れています。一度だけ、なにかに夢をかき乱されて、かすむ目をわずかにあけると、鼻先に履き古した白いキャンバスシューズが見えました。オットセイが目にした、それが最後のものでした。

鳥たちは踊る

The Birds Dancing

その町に着いたときはもう遅く、すっかり暗くなっていた。長旅のあとで、なにもかもどうでもよくなるくらいわたしは疲れていた。ともあれ、ホテルは居心地がよさそうでまずまずの印象、女性支配人もすこぶる丁重に思えた。

ところが、朝が来ると期待外れで気落ちすることになった。確かにまだ春になったばかりとはいえ、空は鉛色で日射しの気配もない。こういう曖昧さ——暑くもなく寒くもなく、とくにどの季節というのでもない曖昧さのなかにいると、家に置いてきた冬よりもなお気が滅入る。おまけに、町そのものも期待外れだった。予想よりもだいぶ大きくて、面白みがまったくないのだ。

こぢんまりした町が広やかな野山に囲まれて、気持ちのいい森や野原を思う存分散策できると期待していたのに、目に入るのは果てしなく伸びる街路に並んだ同じような醜い家ばかり。それがずいぶん遠くまで広がって、野にも山にもいっこうにたどりつけそうになかった。ただ、二、三の街路の遥か先には、遠い山並の輪郭と、その山肌に紫の影のようにしがみつくまだ葉のない森が、ごくかすかに見て取れた。ところが、そこへの移動手段を尋ねると、そんなものはないといわれた。しかも信じがたいことに、これがまぎれもない事実だと判明した。

列車もバスも大きな町にしか止まらないのだという。

支配人をつかまえて、町の外の野山を散策する出発点になりそうなところまで行ってくれる車の手配をたのんだ。するとどうしたことか、相手の態度ががらりと変わった。まるで別人のよう、人当たりがいいどころか、とげとげしく邪険で非難がましい。町の外の散策はできません、野原も森もすべて私有地になっておりまして、不法侵入は厳しく罰せられますすと、説明する口調も素っ気ない。果ては、どうしてほかのお客さまのように町で満足なさらないのでしょうかと、咎めるように問い詰める始末だった。町には映画館も劇場も美術館もございますよ——体を動かしたいのなら、ほかの方たちのように湖畔を散策なさればよろしいのでは？　それだけいい捨てると、支配人はこちらの返事も待たず、あからさまに不快そうな顔のまま歩み去った。そんなことがあってから、支配人は頑としてこの話題に触れないばかりか、極力わたしを避けるようになった。しかも、どうしてもことばを交わさなくてはならないときは、わたしがひどい無礼を働いたといわんばかりに、冷たくよそよそしい声を出す。やがて、ほかの従業員もその態度を真似るようになり、いつしかわたしはすっかり除け者にされていた。町の外への執着は、どうやら皆には常軌を逸した不埒な行為と見なされたらしい。

もちろん、どこか別の土地に移動するほうが賢明ではあるのだろうし、充分にその気もあった。だが、こんなふうにうちそろって反対されたことでわたしのなかの天邪鬼がむくむくと頭をもたげ、とにかく自分の好きにしてやろう、なんとか町の外に出てやろうと心が決まった——歩いてだ。というのも、そこまで行ってくれそうな運転手が（おそらくはホテルの支配人に脅されてか買収されてか）ひとりも見つからなかったからだ。だが、毎日毎日何時間歩いても、あの遠い山並にはなぜかいっこうに近づけなかった——単調な町並は呆れるほど長く、文字どおり果てしなく感じられた。

それでもやる気は削がれるどころか、むしろ決意が高じて執着になった。わたしはしつこい性質(たち)ではない。ホテルの人々の批判的な顰(しか)め面につねに苛立ちを覚えるという事情がなければ、おそらくとうに諦めていただろう。向こうの執拗な非難がわたしのなかに執拗さを育んだのかもしれない。もっと快適な環境だったら、反感に翻弄されることもなかったはずだ。だが、知りあいのひとりもいないこんな退屈な町で孤立しているような状況では、まわりの人間のたえまない無言の敵意に反応せずにはいられなかった。ただし、放っておかれるのが嫌だったわけではない。そもそも人づきあいは苦手なほうだ。それに、幸いにして、読むものはたくさん持っていた。

そうはいっても、先へ進むほどに遠ざかるように思える山並めざして、来る日も来る日も見栄えのしない街路を歩きまわるという報われない日課には、いくらもたたないうちに飽きてきた。しばらくのあいだ無理につづけてはみたものの、ついにある朝なにもかもが嫌になった。見栄えのしないちんまりした家の果てしない列をまたしても目にすることになったら、きっと喚きたてていたにちがいない。

突然の衝動に駆りたてられるようにして、わたしは逆方向へ歩きだした。実りなき日々の巡礼の舞台に背を向けると気持ちが軽くなった。

　これまで湖に足をのばしたことはなかった。というより、湖を見てもいなかった。ぜひ散策しろとホテルの支配人に勧められたせいもあるし、町を出ることに全力を注いでいたせいもある。気づけば今たどっているのは、その湖への道だった。期待はなかった。ここではあらゆるものに失望させられどおしだったから（天気もそうだ。到着以来ずっと曇り空で、もう永遠に晴れた日は望めないものと諦めかけていた）、湖といってもどうせ池に毛の生えたようなもので、殺風景で見栄えがしないに決まっていると思った。

　以前の経験からして目的地までの道は長いものと予想していたが、意外なことにものの数分で到着した。もっとも、湖を抱く浅い盆地は町の側からは見えないため、ホテルからは遠く離れているも同然だったかもしれない。鬱蒼と広がる常緑樹の帯の陰に完全に隠れているのだ。樅や糸杉やヒマラヤ杉や松などの高木が、密生した低木や下生えと絡みあい縺れあいして作り上げるのは、足を踏み入れる隙もない衝立、いや、高く分厚い城壁だった。それが汀の曲線をなぞる難攻不落の陰気な防塁よろしく湖岸にそそり立ち、目路のかぎりつづいている。この黒々とした葉群の峭壁に、地形の傾斜も手伝って、盆地の底の湖はぽつんと孤立していた。町よりかなり低いところにあるせいか、通りの喧噪もまったく聞こえなかった。

　支配人はああして勧めたものの、それほど知られた場所でもないようで、あたりは閑散としていた。どのみち、ぼろぼろに枯れた葉を数枚くっつけたまま浅瀬で茶色く干からびた姿を曝す去年の葦竹(よしたけ)の森沿いに小道が一本巡っているきりで、車やバスでは近づきようがない。全体的な印象は殺風景とまではいわないが、たとえようもなく寂しげだった。のっぺりした光が妙な具合に真横から射して、影もできず、すべての色が褪せて見え、うち捨てられた湖と黒い森の陰鬱さがいっそう際立っている。べったりした鉛色の怖いような穹窿(きゅうりゅう)が、ガラスめいた湖面にそっくりそのまま映りこみ、溶けあって、水と空との境もはっきりしない。対岸は低く垂れこめる雲の向こうに隠れている。

　この景色のなかでなによりも印象的なのは生命の営みが欠けていることだった。このモノクロームの風景のなかで動く生き物の影はひとつもない――蝿の一匹も、石のあいだを這う小虫の一匹もいない。この場を照らす光そのものが死んでいるようにも見えた。何分か過ぎてからようやく、動きらしきものがあることはあるのに気づいた。といっても、動きを止めた状態というのか、なんとも不思議な形のまま固まっている。その形があまりにも現実離れしているので、植物の一種だと思っていたが、じつはそれが水鳥の群れで、きゅっと丸くなって静かな湖水に浮いているのだと、今ごろやっとわかった。どうやらぐっすり眠っているようだ。もっと間近で見たくて歩きつづけたが、びっしり生えた葦竹に邪魔されて近づけなかった。この葦竹のせいでわたしの目からしばらく隠されていた生命の営みがもうひとつ――泥の上のその営みのほうがずっと活発だった。

無数にうごめく灰茶色のその小さな生き物はハタネズミかとも思ったが、よくよく見れば翼があった。ただし、退化してほとんど役には立たないようで、ぱんと手を叩くと、いっせいにチイチイかぼそく驚きの声をあげながら華奢なすばやい足で逃げ惑い、ほんの二、三匹が羽ばたきの不様な真似事をしてみせるだけだった。もっとも、じっくり観察したわけではない。なぜだか少し怖かったのだ。とにかく数が多すぎるうえに、あまりにも脆そうな姿がどうにも好きになれなかった。

この散策からもどってホテルに足を踏み入れると、だしぬけに支配人が目の前にあらわれて、湖はいかがでしたかと訊く。あちらから自発的に、しかも愛想よく声をかけてくるとは驚きだった。驚きがあまりにも大きくて、どうやって行き先を知ったのかと訝る余裕もなかった。湖の物寂しい幻想的な魅力についてあたりさわりのない返事をしたような気がする。褒めことばのつもりだった。それなのに、相手は正反対の意味に取ったらしい。

「物寂しい?」皮肉めかして支配人はくりかえした。「鳥たちがいっせいに踊るところをごらんになっていただきたいものですわ」つぎの瞬間、支配人は前と同じように歩み去った。見くだすような傲慢な雰囲気に気圧されて、そのときも、あとでダイニングルームで会ったときも、鳥たちが踊るということの意味をとうとう訊きそびれた。

もっとも、この出来事も無駄ではなかった。支配人が話しかけてきたおかげで呪いが解けたといおうか、われに返ったといおうか、明日ここを離れようと急に心が決まった。だいたい、どうしてこんなに長逗留することになったのか自分でもさっぱりわからなかった。知りあいもいなければやることもないこの陰気な町で、わたしはいったいなにをしているのだろう。そうなるともう一刻も早くここを離れたくなって、朝一番の列車に乗ることに決め、翌朝は朝食の前に荷造りを始めた——ところが、昼下がりまで列車はないと聞かされた。

荷造りはほぼ終わったようなものだし、なんとかしてこの歓迎すべからざる空き時間をつぶすしかなかった。ホテルのなかにいるのはどうにも落ち着かなくて、外に出ると、ふたたび湖への道をたどった。きっと支配人のことばが頭の片隅にひっかかっていたにちがいない。あの奇妙な眠り鳥たちは踊りどころかおよそどんな形の動きとも結びつかないなどと思いながら、わたしは水に近づいた。なにやら昨日よりも鳥の数が増えてはいないか？　そのうえ、眠ったまま流れに運ばれでもしたのか、多くの鳥が今は番（つがい）になっている。まちがいない、湖面に見える鳥の数は確かに昨日より多かった。沖のほうばかりか、岸からすぐのところにもいる。

ぬかるんだ水際までおりて、湖に浮かぶ奇妙な姿をしげしげと眺めた。光沢のある鳥の体はきゅっと小さく丸まって、水面（みなも）に散らばる丸いサテンのクッションのようでもある。見守るうちに、一羽が体をほどいた（といっても、ほんとうに目覚めたわけではないのだが）かと思うと、蛇めいた長い首をさしのべて頭をもたげ、名状しがたい音をたてて大きな翼を一、二度羽ばたかせたので、わたしは思わず息を吞んだ。一瞬後、鳥はもとの格好にもどり、たちまちほかの鳥とまったく同じになった。そうなると、どれが動いたのかもう見分けがつかない。それどころか、このなかのどれかが現実に動いたとは信じられなくなってくる。だが、疑うべくもない。耳のなかでは今の異様な羽ばたきの音がまだこだましていた。

陰気な灰色の風景も、あらゆるところから射しているようでどこから射しているわけでもないのっぺりした光も、今日はなおのこと重苦しい気がした。動かない空気は、箱に閉じこめられた空気にも似て、なんとなく淀んでいる。ここを離れてふたたび日射しと動きが見られるならばどんなにか嬉しいだろう、一刻も早くこの単調な灰色の空から逃げ出そう——こう考えたことは鮮明に思い出せる。というのは、それを最後に、ちょうどその考えが頭に浮かんだ瞬間、途方もない音の爆発ですべての思考が停止したからだ。これまで聞いたことのないような音だった。そのうえ、目の前にはさらに途方もない光景が広がっていた。それがあまりにも鮮烈で、わたしは間近に迫った出立のことも忘れ果て、呆然と立ちつくして目を瞠（みは）った。

湖のそこでもここでも、今や鳥たちがいっせいに目覚め、体をほどいて水飛沫（しぶき）を撥ね散らし、あるものは取っ組みあい突つきあい、あるものは交尾しながら恍惚として蛇の首を寄せあい絡ませあいしているではないか。同時に、あの強い翼を打ち鳴らすものだから、この世のものとも思えぬ耳障りな音がいっそう高く轟きわたり、その大音響で大気そのものが崩壊するかと思われた。

　全天が裂けはじめた。のっぺりした灰色が分裂して、炎に縁取られた塔が無数に出現する。その塔と塔とがぶつかりあい、破裂して透明な竜巻となり、衝撃に揺らぐ大気のなかで千々に砕けて、四方八方に広がりだした鮮やかな青のなかへと溶けていく。太陽が乳白色の円盤めいた姿を一瞬だけあらわし、無数の煌めく鱗を水面にまき散らす。つぎの瞬間、鱗が百万の炎の切っ先と化した。陽光がこれでもかとばかりに燃え立ち、目を暗ませんばかりに、光輝のまばゆい洪水となって降りそそいだ。

　めまぐるしく荒々しい変容の万華鏡に目を奪われているうちに、新たな擾乱が迫りつつあった。ふと気づくと、どうしてもたどりつけなかった向こうの森で、木々のあいだを烈風が暴れまわり、並び立つ巨木が悲鳴をあげていた。これだけ見て取った刹那、恐ろしい突風がわたしを突き倒し、土埃と小石の嵐となって頭上を通り過ぎると、葦竹を薙ぎ倒し押しひしぎ、湖に襲いかかって水泡（みなわ）と水飛沫の混沌に陥れた。

　ようやく体を起こして目の砂をこすり落としたときには、疾風の勢いは弱まっていたとはいえ、まだ強くひょうひょうと吹きわたっていた。その風のなかに広がる、信じがたい夢のような光景――ついさっきまでずっと音もなく色もなかったのが、今は一転して沸き返り、煌めいているのだ。

前には波ひとつなかった青白い湖に、深紫がかった青緑の波が水泡を戴き逆巻いていた。すべてが煮えたぎり息衝(いきづ)くなかで、数え切れないほどの番の鳥たちが官能の昂りのままに蛇めいた首を狂おしいばかりにうねらせ絡ませ、恍惚と水を繁吹(しぶ)かせて踊っている。無窮の灰色の静寂にすっかり馴染んでいたところへこんなものを見せられて、わたしはたちまち目眩にも似た感覚に襲われた。いたるところを支配する動きと色彩への急激な変化だけでも、きっと目が眩んだことだろう。そこへ持ってきて、踊り狂う鳥たちのすさまじいこの群舞。どこかしらで絶えず舞い上がって水の尾を白くまき散らしては、ぶつかりあう体と振り立てられる嘴のただなかに舞い下りて噴水さながらの飛沫を撥ねかす。吠えるような野太い鳴き声や切り裂くような甲高い鳴き声で大気を揺るがす。これらが相俟ってわたしの混乱に拍車をかけた。やがて思考が麻痺して、ぴんと大きく翼を広げた新たな姿がすべるように舞い下りて愛の群舞に加わっても、また鳥が増えたのか、はたまた天から天使が降り立ったのか、それさえよくわからなくなった。

そこかしこにそそり立つおびただしい数の水竜巻のはざまに、これまで雲に隠れていた対岸の景色が、ときおりちらちら見えるような気がした。といっても、遠いうえに現実離れしていて、ちらちら見える建造物がわたしの空想の外に存在しているのかどうか、どうにも確信が持てなかった。なにしろ巨大で奇怪な建築様式で――窓のない巨塔の群れが、昔の二本マストの縦帆船（スクーナー）の索具を思わす繊細な網の梯子を張り巡らして繋ぎあわされているのだ――湖上のあの狂宴が見せる異様な幻覚の産物と思いたくもなる。

半ば戦場のような水の無礼講の参加者たちが愛の恍惚に身をくねらせよじらせ、あるいは嘴で容赦なく引き裂いては湖水を血で赤く汚す姿に見入っているうち、だんだん自分がひとりきりではないような気がしてきた。はっとあたりを見まわすと、これはいったいどうしたことか――今まで人っ子ひとりいなかった湖岸に、この界隈の住人全員が集まっているにちがいない。群衆の規模にも驚いたが、それよりも、その人たちが見せる生き生きとしたようすはどうだろう。陰気で愚鈍な連中だとばかり思っていたら、今はそれが興奮して楽しげに笑いさざめき叫んでいる。

なにかすべてが夢じみてきたではないか！　陽光は洪水さながら、照らすというより、これでもかとばかりに惜しみなく降りそそぎ、目の前のあらゆるものの輪郭がぼやけて見えて、わたしはまばゆい光のなかに現実を見失いそうな心持ちになった。

ホテルの支配人があらわれて、到着したときと同じ温かい笑みを見せたときも、驚く余裕がなかったほどだ。支配人はかたわらで足を止めると、からかうように話しかけてきた。「いかが？　わが町の湖はまだ物寂しいかしら?」

どうやら返事を期待されているわけではないらしく、わたしは安堵した。心のなかで勝手に作り上げていた相手のイメージが完全にまちがいだったことに自分でも呆れるあまり、気の利いた返答はできそうになかった。いったいどうしてこの人物のことをよそよそしくて冷たいなどと思ったのだろう? そもそもどうして若く魅力的な女性だと気づかなかった? 華やかな色のスカーフからこぼれ落ちた巻毛が一房、さっきから風に弄ばれて頬にまとわりつき、陽光に煌めいている。支配人がこういう妙に奔放な、酔い痴れて見えなくもない雰囲気をまとっているのは、このささやかな乱れのせいなのか。

新たな興奮のざわめきが起きて、わたしは注意を削がれた。まわりの人々を見やると、どの顔にもやはりどことなく酔い痴れたような表情が浮かんでいるのが一目でわかった。人間も大なり小なり鳥たちの狂宴に参加しているのだろう。そのときだ、実際に湖上の乱舞に加わるつもりなのか、誰も彼もがいっせいに湖に向かって駆けだした。狂乱の暴走の途中で運悪く転んだ者や突き倒された者は、ぬめる泥のなかで踏みにじられた。湖岸の葦竹に打たれて失神するか即死して飛べなくなっていた無数の小さな鳥たちも、同じように無造作に踏みつぶされた。

物心ついて以来わたしは集団とその行動というものがいやでたまらなかったが、今こうして目の眩むような境地にあっても、この胸の悪くなる光景に対してわれながら驚くほど冷淡でいられた。ただ、支配人がわたしを置いてあの狂乱の疾走に加わりはしないかと、それだけは気がかりだった——そうさせまいとして、わたしは支配人の体に腕をまわした……とたんに、押しつけられた体への激しい欲望以外のすべてが頭から消し飛んだ。

だが、守るという目的も忘れていっそう強く体を押しつけ、これ以上ないほどぴたりと体を寄せあいながらも、わたしは自分の行為にどこか嫌悪めいたものを感じていた。この淫らな接触を求めているのはわたしの原始的な部分にすぎない——そんな思いが意識にのぼり、自分も群衆の興奮状態に影響されていなかったわけではないのだと、はたと気づいた。しかし、その事実が頭に染みこむ間もなく、支配人の声がした。奇妙な、陶然とした声で、わたしに話しかけているというより、入神状態か夢うつつかで、典礼魔術の呪文を唱えているようにも聞こえる。周囲の喧噪を貫いて、ことばが耳に届いた。

「……都市設計者たちは、理想の土地を探し求めて津々浦々を旅して歩き、ついにこの岬を、しかるのちにわが町の富み栄えた一帯を選んだ。そこに住まう者たちはこの沙汰を知り、ただちにおのが手でおのが住まいを取り壊した……」

支配人に視界をさえぎられて湖が見えないので推測するしかなかったが、彼女はきっと対岸のあの建造物を見つめているにちがいない。するとぎょっとするほど唐突に、支配人が恍惚状態を脱ぎ捨てて、もう待てないといわんばかりの焦れったげな性急さで無造作に、いや、むしろ乱暴に、わたしの抱擁を振りほどいた。なにか服にひっかかった茨でも相手にするような具合だった。それどころか、わたしなど無生物でしかないという顔をして、声もかけず目もくれずにそばを離れると、まっしぐらに群衆のなかへと飛びこんだ。

そのとき初めて水の上の新たな動きが目に入った。数えきれないほどの乱れ踊る番の鳥たちであふれかえっているあたりが、ありとあらゆる形と大きさの舟でごったがえして波立っている。狂乱する野の生き物を捕らえるために慌ただしく漕ぎ出したらしい。鳥たちのほうはすっかり危機感をなくしているのか、逃げる気配すら見せなかった。一艘が岸を離れたかと思うと、いっぱいに膨れ上がった網を引いてすぐまた漕ぎもどった。のたうつ網は巨大なメデューサの首でも入っているかのように、そこらじゅうから血まみれの蛇が突き出て、ぬめり、ねじくれ、絡みあっている。いや、突き出ているのは捕らえられた鳥の首だ。ぬかるむ岸に投げ上げられて、泥にまみれて足掻き、つぶされ、のたうち、ひしゃげた塊となった鳥たちをそのままに、猟人たちは新たな獲物を求めて飽かず漕ぎ出していく。

すさまじい音と光と動きのただなかに、支配人の姿を見つけた。すでに岸を離れて波に乗る一艘の舟めざして、腰より上に飛沫がかかるのを気にかけるようすもなく、水を掻き分け一歩、また一歩と歩いていく――もう背が立たなくなるという最後の瞬間、舟縁から助けの手が伸ばされて、支配人は昂然として舟に乗りこんだ。最後に見えたのは、皆といっしょに嬉々として容赦なく大綱をあやつりながら、狂おしい歓喜に輝く顔だった。

支配人のこんな姿はわたしの記憶のなかにしか存在しない。というのも、あの踊る鳥たちの日以来、彼女は以前から知っていたとおりの他人行儀で、事務的で、厳格な支配人にもどってしまったからだ。もういっぽうの姿とはまったく相容れない人物像で、両者が同じ女性とはとても思えない。

そうはいっても、わたしのあの原始的な部分――群衆に呼び覚まされた部分、集団的感情に反応する部分は、支配人の野性的な半身が確かに存在すると信じているとみえて、バッカスの巫女さながら血にまみれ、濡れそぼち、乱れ髪を旗のように風になびかせ、危険なほど揺れる舟の上ですっくと立った彼女がまたあらわれはしないかと、期待しているらしい。仕事にもどるべき日をとうに過ぎても自分がずるずるこの地に留まりつづける説明は、ほかには考えつかない。きっとわたしは、意識にのぼらない部分で、考えつきもしないほかの説明などよりもこちらの説明のほうが、浅ましいこととはいえ、気に入っているのだ。この問題について客観的に考えるのが億劫なところを見ると、その可能性が高い。日々の生活から誰にも気づかれずにいつともなく消えるのがこんなにも簡単だということについては、いつもながら多少の驚きを禁じ得ない。今ごろはきっと、わたしの仕事は別の誰かに引き継がれ、わたしの部屋は新たな住人に引き渡され、わたしの友人たちは——いや、わたしには近しい友人はひとりもいない。知人のなかには長引く不在に気づく者もいたかもしれないが、とうの昔に思い出しもしなくなっているにちがいない。

この地では夏がそろそろ終わろうとしている。湖の泥の岸辺は青々と丈高い葦竹に隠れて見えない。無数の足に踏みつぶされ、血染めの網に絡め取られて縊(くび)れ死んだ鳥たちを思い起こさせるものはすでになく、生き残った鳥たちが、なにごともなかったかのように丸々として、湖面に映る建造物の上を泳ぎまわっているばかりだ。

その建造物については、あの残酷な愛の群舞の日に知りえた以上のことは知らない。追究しないほうがいいこともある。そういうわけで、そもそもあんなものを建てることができるように自らの手で家を壊した人々のことも、その後にあの地を継いだ異邦人たちのことも、敢えて尋ねない——いずれにしろ答えは返ってこないだろう。誰も足を踏み入れないように対岸一帯を封鎖するに至ったのにも、その対岸から誰も町に渡ってこないのにも、おそらくそれ相応の事情があるはずだ。わたしごときが口を出す問題ではない。それでもときどき、このわたしが消えたように、ひとつの地域が丸ごと消えて住人が入れ替わったことを思うと、不安をおぼえずにはいられない。

富み栄えた地域が消滅する可能性があるのなら、国は、大陸は、世界はどうだ？　ことによると、この世界が広大無辺の宇宙のなかのあるべき場所からひっそりとこぼれ落ちる日が、いつか来ないともかぎらないのではなかろうか。そうするつもりもなければ、そうできることさえ知らず、わずかな波風さえ立てぬまま、慣れ親しんだものすべてを置いてここへ来て、いつの間にか日々の生活のなかに居場所をなくしたわたしのように。

クリスマスの願いごと

Christmas Wishes

青い空、青い水。やわらかい、あたたかい、青い。ふうわりと陽炎のベールをかぶったアクアマリン色の海。おだやかなサファイア色をした空が吐き出す、あたたかい息吹。あらゆるものがやわらかい、青い、あたたかい。上が、下が、あらゆるところが。わたしを取り巻くすべてが。なだらかな青い丘と谷、それを突き破り飛び出すトビウオの大群。きらきらと、半ば透きとおって、スパンコールの雲のなか、水面（みなも）をかすめ飛び、飛沫（しぶき）もほとんど立てずふたたび水中に没する。遠くで潮吹くおだやかなクジラの群れ、それに囲まれて跳ね戯れるイルカたち。ネズミイルカが二頭ずつ、一糸乱れぬリズムを保って波にもぐる、跳ねる、宙返りする。それはそれは楽しげで、陽気で、優雅で、その重たい体は偽りの姿のよう、仮装かなにかのよう。アシカたちは暢気に機敏に、ぬくぬくと日射しを満喫し、青い水の羽布団にくるまれて転がりまわる。そしてわたしは、アザラシたちと並んで泳ぎ、ゆうるりとあたたかく透明なうねりのなかでいっしょにゆらゆら揺れる、くるくるまわる。やわらかさとあたたかさに包まれて、青い海のゆりかごにあやされるままに、わたしはうつらうつら漂ってゆく。いや、あやしてくれているのはあたたかく青い大気か。空の高みでグンカンドリの群れのなか、ハサミの形の尾羽をひらいては閉じしながら、わたしはゆったりと風に乗っているようでもある。あるいは小さな雲から雲へとすばやく渡り、あるいはアホウドリの翼の一打ちで一日中飛びつづけ。究極の憩い、安らぎ、喜び——これこそは楽園。なんとすばらしい感覚なのか、あたたかくやわらかい青とすみずみまで一体化するのは。なにも知らず、なにも考えず、なにも怖がらず。完璧に安らいで、絶対的に癒やされて、わたしを取り巻くすべてとひとつになって。

けれど、この楽園はすでにすべるように遠ざかりつつあって、力のかぎりしがみついても、引き留めることはできない。もはや大気や水との満ち足りた一体感は失せ、惨めにもわたしはわたしになり、引き離され、独りにもどる。まだあたたかさのいくばくかは残っているものの、悲しいことに、それは太陽のあたたかさだ。降りそそぐ陽光の下、わたしは岩から岩へ軽々と登りはじめる。あたかも段差の低い階段を登ってゆくかのようだ……自分自身の人生という階段を。なんと奇妙な形の岩なのか。登るにつれて英雄たちの横顔が、モナ・リザや中国人めいた神秘的な顔が、魔女が、兜や竪琴が、玉座が、群がり立つ建造物が、凶兆の獣たちが、つぎつぎとあらわれる。ほかにも不思議なものが、さまざまな種類の生き物が見える。たとえば水面すれすれを一列に並んで飛んでゆく堂々たる巨鳥の群れ——あれは伝説のロック？　白鳥？　ペリカン？　プテロダクティルス？

足を止めてじっくり眺めようとした矢先、男の声で名を呼ばれる。「今行くわ」とわたしは叫び、遠くてよく見えないその人のほうへと、足早に向かう。どうして今までその人のことを忘れていられたのだろう？　友人なのか父親なのか、恋人なのか、夫なのか息子なのか、わからない。けれど、その人の存在こそがわたしをあたためてくれているのだと思えてならない。その人がいないのに太陽が輝くはずはないという気もする。どうしてあんな先のほうにいる？　意図的に追いつかせまいとしているのか。懸命に追いつこうとしているのに、向こうは遠ざかってゆく。しかもわたしは、今はあまり速く進めない。岩と岩とがさっきまでよりだいぶ離れているうえに、ここからあちらへ飛び移るのは容易でも、水が高々と逆巻き、ときおり岩の真上を洗ってゆくせいで、いちいち足を止めて距離を目測しなくてはならない。

「待って。すぐ行くから」とわたしは叫ぶ。しかし、返事はない。それより今は、足首にしつこく巻きついてくる長い、船の係留索ほども太いケルプを、なんとしても引きはがさなくてはならない――踏みつけたニシキヘビと取っ組みあっている気分だ。ゴムめいた大蛇は足首に絡まったまま、こちらの動きに合わせて足元でずるずるうごめき、引きずり倒そうとする。ふたたび目を上げると、見える範囲に人の姿はない。慌てて「どこにいるの？」と震えるかすれ声で呼び、バランスを崩しそうになりながら、あちこち見まわす。急に風が立ち騒ぎ、ここぞとばかりに突き刺さる塩辛い水飛沫をこちらへ飛ばして、わたしの目をつぶそうとする。「どこにいるの？」と必死でくりかえす自分の声が、悪意に満ちた同じ風に吹き飛ばされてゆく。だめだ、もうまにあわない。われに返ると体がぐらぐら揺らぎはじめている。足がすべる。このままではひっくりかえる。氷の上で転びそうになっているスケート初心者のように、わたしは虚しく腕を振りまわす。

この切迫したときに、追討ちをかけるように、からかうように、どこからともなく声が響く。「潮が満ちるよ——ほら急げ、逃げ場がなくなるよ……」

ときすでに遅く、もはや逃げ場はなくなっている……頭上で砕ける大波にあっというまに呑みこまれる。岩がどよめき、わたしもろとも大水のなかに崩れ落ちる。砕け波が咆哮し、粉々になった岩に巨大馬の群れさながら襲いかかる——鉄のひづめが万雷のとどろきで浜を打つ……

部屋の扉を激しく叩く音がする。いったいなに？　こんな野蛮なやりかたで邪魔をするのは誰？　警察か——それとも単に自分の胸の鼓動か。部屋には礼儀正しいノックもなしにもう不安が入りこんでいる。わたしはベッドに横になり、声を殺し、寒さと緊張に震えている。扉を叩く音はつづく。やがて、唐突に音がやむ。誰かの大声が響く。「入れろよ！　クリスマスを祝いにきてやったぞ」禍々しい粗暴さと悪意に充ち満ちたその声音は、不吉な脅しにしか聞こえない。

なおもわたしは声を立てずにいる。扉の外でなにが起きているのか見当もつかないが、ぼそぼそとささやく複数の声がする——外廊下には人が大勢いるようだ。返事をするのも扉をあけるのも恐ろしくて、わたしは息をひそめて横たわり、留守だと思って帰ってくれと願うことしかできない。わたしはひたすら扉を見つめている——よかった、鍵はかけてある——と、こんどはそっと、音もなく、ノブがまわりはじめる。みずからの意志でまわっているようで、気味が悪い。わたしは魅せられたように、催眠術にかかったように、目が離せない。そうしてそのあいだにも、心の片隅に残っていたあたたかさの、やわらかさの、青の残像、記憶、そうしたものが、次第しだいに薄れてゆく。岩が消え、堂々たる鳥たちが消えてゆく。あの人はどうなった？——そう思ったとき、またしても攻撃が始まる。新たに弾けた乱打で鏡板が今にも粉々になりそうだ。誰かが棍棒で力任せに叩いているらしい。いや、椅子だろうか。その音に、わたしは縮みあがる。自分の肉体が殴打を受けている気がする。

ようやく騒ぎがおさまる。軽蔑するような声が「余所者のひとりくらいもうほっとこうぜ」と吐き捨てて、わたしは心から安堵する。あちらもそろそろ面倒になってきている、もう引きあげてくれそうだ、助かった。

いや、ひとりだけちがうことを話す声がする。やさしさだのクリスマスだのなんだのとつぶやいている——とにかくこの声の主も立ち去ってわたしをそっとしておいてくれればいいのに……。次の瞬間、感電したかのように、わたしはベッドから飛び出してドアに駆け寄る。今つぶやいているのは、たぶん友人か父か誰かだ、きっとそうだ。わたしのことで、わたしに対して、こんなふうにやさしい口調で話しかけてくれる人はほかにはいない。だからまちがいない。

鍵をあけてドアを押しひらこうと、わたしの片手はすでに伸ばされている。そこでふと思いなおして手が止まる。やはり、どうしてもわずかに迷いが残る。勘違いだったら――？　一度知らない人間を招き入れたら、二度と追い出せないだろう……

まだわたしはためらっている、どうしようかと悩んでいる。ほどなく、騒がしい訪問客はいっせいに引きあげてゆき、悩みは解決する。聞き耳を立てていると、大勢の足音が扉の前を離れてどかどかと階段をおりてゆき、やがて外扉が荒々しく音を立てて閉ざされる。

騒々しい音が消えると、深い底知れぬ静寂があたりに降り積もる。するとこんどは、思い切ってあの人たちをなかに入れればよかったという気がしてくる。追いかけようか。だめだ、馬鹿げている……だいいち、意味がない。きっともう追いつけない。

裸足でわたしは窓辺に向かう。氷のような窓ガラスに額を押しつけて通りを見下ろす。ずっと向こうで、何人かが肩を並べて腕を組み、角を曲がってゆく。もうじき見えなくなりそうだ。時間がなくてよくわからないが、やさしいように思えた人もあのなかにいる気がしてならない。そして悲しくなる。ああいうごろつき連中とあれほど親しくしているのなら、ほんとうにやさしいわけではない――わたしにもさほど好意があるわけではないのだ……

ともあれ、ごろつきどもは立ち去った。あの人もどこへともなく消え去った。ずっしりと孤絶感がのしかかり、自分が無限の空間のなかの塵になった気がする。すがる相手もなくただひとり、無になった過去と存在しない未来のはざま、ひび割れた天井と孤独の壁に囲まれたこの部屋に閉じこめられて、無人島にいるような感覚をおぼえる。ふたたび窓の外を見やると、通りはがらんとしている。向かいに並ぶみすぼらしい家々までが空っぽに見える。廃墟で、屋根と壁だけなのかもしれない。その背後から高いビルがにょきにょき生えている。鉄とガラスと鋼の高楼は近寄りがたく、血肉を備えた人間ではない、心も笑顔も持たぬ、なにか堅く冷たい物質でできた生物のために建てられたようにも思える。

驚いたことに、突然、この不毛の非人間的な虚空のなかに小鳥が三羽、冷たい空からこぼれ落ちるように舞い下りてくる。どうやらわたしの窓の下の石畳の隙間をわざわざほじくりにきたらしい。ぴょんと跳ねてはつつく様子のなんとてきぱきしていることか。なにを求めているのかちゃんとわかっているといわんばかりだ。そのくせ、なんだか不憫に見えなくもない。とりわけ今はそうだ。食べるものが見つからなくなり、羽を膨らませてその場に立ちつくし、所在なげな、わびしげな、絶望的な顔で、ちらりちらりとこちらを見やる。くすんだ灰色をした落胆の羽毛玉が三つ。「お行き、お馬鹿さん」わたしは話しかける。「なんにもないの——パン屑を待っていても無駄よ」窓ガラス越しではたぶん聞こえないだろう。向こうのさえずりもこちらに聞こえないのだから。ところが、まるでわたしのことばが聞こえて理解できたといわんばかりに、三羽とも翼を広げてたちまちすばやく飛んでゆく。

スズメがいなくなった今、通りは前にもましてがらんとして見える。気づけばわたしは震えている。当然だ。真冬なのに部屋には火の気がない。とうに冷え切った部屋のなかに凍るように冷たい窓ガラスを通して寒さがしんしんと染みこんでくる。どうしてわたしはこんなところに突っ立って、通りを眺めている？　わたしの得になることなどなにも起きはしないのに。友人の姿が見えるわけでなし、わたしは無人島にただひとり、忠実で誠実で頼りになる召使いのフライデーすらいない。いやちがう、ほんとうは、わたしが探そうとしているのはそんなものではない——もどる道を見つけたいのだ。これ以上は耐えられない。あたたかでやわらかなあの始まりの場所へともどる道を、わたしは探しはじめる。

それなのに、思うようにもどれない……いちばん初めの記憶までしか遡れない。あたたかさとは無縁の記憶。わたしはほんとうに思い出しているのだろうか、それとも想像しただけなのか、高木限界の端に近い高みの、深い雪に埋もれた、この山の光景を？　ここで育つわずかばかりの樅（もみ）はどれも細く小さく、ねじ曲がっている。あるものは後足で立つ馬のよう、あるものは水桶を運ぶ老婆のよう、たぶん雪の重さでこんな奇怪な形に曲がるのだ。白い重荷をのせた枝はどれも風ごときにはびくともしない。西空はレモン色、あとは空一面が早くも薄暮の群青色だ――帳のように夜が降りてこようとしている。幽霊めいた白雪の上に生き物の気配はない。すべてが寂寞として、無音で、荒涼として、凍りついて。わたしはちらちら揺らぐ頼りない炎を信頼できずにいる。炎はふたりの炭焼きが奇妙なとんがり帽子で一心に扇ぎ立ててはいるものの、燃え立っては小さくなり燃え立っては小さくなりして、いっこうにあたたかくなるようすがない。それでも煙の糸はゆるゆると、空へ向かってまっすぐのぼってゆく。空には星があらわれはじめている――ぱらぱらちらばる冷たい目を数えるうちに、気温はますます下がってゆく……

まさに温度計のなかにいるかのように、下がってゆく水銀柱に導かれるままに、わたしは見当ちがいの方向へと数年を引きもどされる。どうやら逆らうすべはないらしい。いたいと思う場所へはもう二度ともどれないだろう。その代わり、こんどは子供時代の経験がそっくりそのまま嘔吐のように迫り上がってくる。わたしは群れから逸れた臆病な動物さながら、身を縮めてびくびくと警戒しながら、人の気配のまったくない宮殿めいた大きな館を、足音を忍ばせて歩いてゆく。恐ろしいような静寂。音がしない、人がいない、どこにも。頭上では、シャンデリアが音もなく迸らせる凝った噴水の奔流が、幾筋ものオーロラの川となり目映く流れてゆく。広い無人の部屋をそっと覗くと、豪華な家具のなか、天井に届きそうなクリスマスツリーが、かわいらしい玩具や置物に囲まれ、目も綾な飾りをまとい、きらきらと立っている。金と銀の魚、震える透明な尾羽を生やして虹色に煌めく優美な小鳥、宝石の輝きを放つ色とりどりのカラーボール、きらかなティンセルモール、美味しそうなボンボンに砂糖漬けの果物、すべてが無数の電気キャンドルに照らされている。きらびやかな部屋のなか、孤高の光輝に包まれたクリスマスツリーがまき散らす煌めきの、なんと奇妙で寂しく鮮烈なことか。無数のキャンドルの揺らがぬ炎の、なんと白々と冷たく無慈悲なことか。招かれずして踏みこんでしまった壮麗な孤高の祝祭、どう見てもこの身はここにふさわしくない。わたしは慌てて、申し訳ないような思いでそっと後ずさり、両腕できつく胸を抱きしめて騒ぐ鼓動を抑えこむと、急いでそこを離れる……

同じ道をたどっても現実から抜け出せないとはなんと残酷なことだろう。けれど、楽園は失われて二度ととりもどせない。そうなのだ、自分の人生にべったりと貼りつけられたわたしに、独房での監禁という終身刑からの逃げ道はない、救いはない。わたしはもどるしかないのだ、孤独だけしかない場所のこのクリスマスに、この部屋に、この窓辺に、このがらんとした通りに、昼でもなく夜でもないこの陰鬱な光に、冷たくかじかんだ手と足で。外でスズメが一羽、石畳にうずくまっている。落胆した灰色のひとつきりの羽毛玉——スズメは寒そうにも寂しそうにも見える。わたしの無人島が熱帯にあって、灼熱のジャングルに虎や猿やコンゴウインコがあふれているならどんなにかよかっただろう。

けれど、そうではない。どれだけ長いあいだ凍えながらここに立っていても、どうにもならない。なにも変わらない。ベッドにもどって、あたたまれるかどうかやってみるほうがましだ。

すでにシーツは冷えきって氷のようだ。薄い毛布のなかに安らぎはない。それでもわたしは毛布をかぶり、そのうちあたたかくなりますようにと願う。クリスマスにほんの少しのあたたかさを。それが大それた願いごととも思えないけれど、期待するのはやめよう。この程度の慎ましい願いごとも叶うことはめったにないのだから。

睡眠術師訪問記

A Visit to the Sleepmaster

いったい睡眠術師が蓄える富はどれほど莫大なものになるのでありましょうか。自然な睡眠という天恵がほぼ失われた社会で彼らが突出した富裕層を形成していることは、周知のとおりであります。儀式を通じて睡眠をもたらさざるをえない場合は補助的用具が必要不可欠であり、歳月を経るにつれてそうした用具一式がより精巧なものになり数も増えるのは自明の理だと、そう睡眠術師たちはいいます。しかるに、それに伴い、睡眠術師が経営する大型専門店での用具類の購入を余儀なくされる状況が生じているのは憂慮すべき事態といえましょう。こうした専門店の内部でどのようなことが行なわれるか、さほど知られていないのはなにゆえか。不当利得とはいわないまでも、他人の不幸を種に財を成すという考えかたには不愉快きわまりないものがあります。公益のために調査がおこなわれて然るべきでありましょう――この重要な問題に関する詳細な情報が得られるはずであります。関係当局にはぜひともこれを主導していただき、それによって、睡眠術業界トップと合意のうえであるとの風評に終止符を打っていただきたい。

さて、この場で正式に請願するにあたり、みずから選んだ睡眠術用具専門店に足を踏み入れようとする標準的顧客、X氏の仮想訪問記を見ていくことにいたしましょう。

Xの場合、これが初めての訪問ではない。物心つくまでのいずれかの時期に一度は睡眠術師の指導を仰がないではすまないものだ。そういうわけでXは用心に用心を重ね、目を見ひらき気を引き締めて臨む。ところが敷居をまたいだ瞬間から、知性と五感は睡眠術用具専門店特有の雰囲気による激しい砲撃に絶え間なくさらされることになる。それは初めのうちは驚くばかりに心地よい（無尽蔵の財源と最先端の技術に支えられていることを思えば、なんの不思議があろうか）。一分もたたないうちにXは酔ったような気分になり、一種独特の記憶喪失状態に陥って、過去の訪問についてはっきりと思い出せなくなる。いずれにせよ、それはこの際どうでもいい。以前なにがあったにせよ、こんどこそなにもかもうまくいく——見るもの聞くものすべてが、吸いこむ息のいちいちが、そんなふうに思わせる。繁盛している店舗の常で、あたりには商品がそれぞれ最も引き立つよう巧みに陳列されている。眺めているうちに、Xの楽観的な気分はどんどん膨らんでいく。これほどたくさんの用具のなかに自分の症状に必要なものが見つからないはずがない。

店の者は皆、協力的で頼りになる。おおぜいのアシスタントのみならず、睡眠術師本人までがじきじきに助言しにくる。その助言をXはありがたく拝聴しては、つぎからつぎへと見せられる商品を片っ端から受け取っていく。複雑なら複雑なほど好ましい、こういう精巧な用具ならかならずや望みどおりの効果が得られるにちがいない――そう考えてのことだ。すでにXは店主にすすめられるまま快適な椅子に腰を落ち着けている。店主が指示する多種多様な用具をアシスタントたちが飛びまわってせっせとさがしてくるのを、ひたすら眺めていればそれでいい。この睡眠術師はなかなかの好人物ではないか。やさしさと自信の適度な融合と形容するほかないその態度に信頼感が呼び起こされて、おのずとXは好意をいだく。愛想がいいくせにざっくばらんで歯に衣着せず、嘘もなければごまかしもなく、しばしば魅力と目される追従（ついしょう）めいたものとは無縁の睡眠術師。こんな人物といっしょならば、迷うことなどひとつもない。自分の症状をこれほどすばらしい相手に委ねることができるとは、なんと運がいいことか……

突然すべてが止み、静寂がおりる。Xは夢想から呼び覚まされる。どうしたことかと周囲を見まわし、作業が中断しているのに気づく。アシスタントはもはや誰ひとりXのために飛びまわってはおらず、暇をもてあましているふうに寄り集まって小声で雑談している。睡眠術師はといえば、もう関心がなくなった、Xのことなどとっくに忘れてしまったといいたげに、ポケットから取り出した手紙を読んでいる。Xは不安と当惑に駆られ、おずおずと店主の注意を引こうとする。いったいどこでどうまちがったのかさっぱりわからない。しかし相手は、こんな男とは会ったこともないという顔で手紙越しにちらりとXを見やるだけで、あいかわらず手紙を読みつづけている。

どうやらこの偉大な人物の機嫌を損ねてしまったらしいと気づいて、Xは縮みあがる。まずいぞ！　どうすればいい？　自分でもなにをいっているのか定かでないまま、Xはしどろもどろに弁解し、とにもかくにも謝罪する。そうこうするうち相手が急に立ちあがり、Xを黙らせる。「どうなりとお好きなように」交渉決裂はそちらのせいだといわんばかりに、睡眠術師の口調はそっけない。「こちらとしてはなにが変わるわけでもありませんからな」そういい捨てるや、憤然として歩み去ろうとする。

　このときにはすっかり度を失っているXは、猛然と睡眠術師のあとを追い、目に入るものをあれも買いますこれも買いますと形振り構わず持ちかけるわ、もっと複雑で高価な用具についてもどうかご教示くださいと懇願するわ、自分の幸せの鍵を握る人物をなだめるためならなんでもしようという勢いだ。きっと誤解があったのですと、Xはいいつのる。わたしはあなたの比類なき助言に従わせていただき、無条件にこの身をあなたの手に委ねさせていただくという恩恵に浴したいだけです――などなど。

　これに睡眠術師は耳を貸すそぶりも見せず、震えながら冷や汗まみれで追いすがる哀れな客を後目に、頑なに無言のまま進みつづける。傲慢な沈黙のなか、店主は売り場から売り場へと足早に歩きまわり、かたやX（睡眠不足ですでにへとへと）はもはやその場に倒れそうだ。ようやく睡眠術師がくるりとXに向き直る。そのときXはすでに絶望のどん底、この店主の申し出ならばなんなりと否やはないという心持ちで、山のような商品を買ったことにされても敢えて抗議もしない。

さて、ここからが本番だ。Xは睡眠術師の前で平身低頭。アシスタントは皆これに大喜び、礼儀正しい振りさえやめて、客の屈辱を嘲り笑い悪びれるようすもない。請求書が提示されるに至って最後の山場が訪れる。法外な総額に絶句して、Xは凍りつく。拷問者たちに取り囲まれて立ちつくし、じっとりした震える両手で請求書を握りしめ、完全に茫然自失の態だ。身代をはたいてもこんな莫大な金額は払えませんと説明しようとするものの、口からは「むぅ」だの「しゅう」だの、話しかたを教わったことがないかのような苦しげな音しか出ない。そのありさまにアシスタントたちは異様なほど顔をゆがめて、ある者は身をふたつに折り、ある者は前へ後ろへ身を揺すり、笑い転げんばかりだ。

睡眠術師はといえば、やはりことばが出ないほど大笑いしながらも一喝する。「うすぎたないペテン師が！　嘘をついて正直者から商売物を騙し取ろうとするとは……。さあ、耳をそろえてお支払いを！　さもないと困るのはそちらですよ」それから、あいもかわらず腹をかかえて笑いながら、ちょうど戸口から入ってきた制服警官の姿がXにもはっきり見えるように脇へ退く。

これを見て震えあがったXは、声を取りもどして惨めたらしく慈悲を乞い、とにかく金がないのですと叫び、無情な店主の前に文字どおり土下座する。それへ店主は告げる。「まあ、大目に見ましょうか。負債は労働で返していただければけっこう――刑務所でもっときつい労働に従事したいなら別だが」つづけて手品師のようにどこからか新たな書類を取り出し（これが最初から準備万端ととのえてあったことはいうまでもない）、そして、哀れを誘うXのありさまにいささかも動じることなく、顔に書類をつきつけ、指にペンを握らせ、果ては、憔悴しきって動かすこともままならぬXの手を取り、点線のほうへ誘導する——そこには、「こちらにご署名ください」の文字。

手をつかまれてなすすべもないXは、指が導かれるままに名前を書きこむ。万事休す。したり顔の睡眠術師は小バカにしたように手首をひねって決定的な書類をひったくり、ポケットにしっかりとしまいこむ。

その瞬間、Xは恐怖と混乱に翻弄されつつも、生涯無償労働の契約書に署名すべく最初からすべてが仕組まれていたことを悟る。自分の人生はもう二度と自分のものとはいえない。永遠に睡眠術師の奴隷となるのだ。買ったものに法外な値を払わされたと触れまわることもできない。屈辱的な身の破滅を眠りのなかで忘れることもできない。激しい苦痛が我慢の限界めがけてどんどん膨れあがり、Xの運命をポケットにおさめた質（たち）の悪い悪党に対する暴力となって爆発しそうになる。ところが、突如として店内がぐるぐる回転しはじめ、Xはなにがなにやらわからなくなる。万雷の哄笑が耳を打つ。暴力への渇望が苦痛に溶けて、どこかへ消えていく。残ったのは回転し哄笑する部屋から逃げ出さねばという思いと、千々に砕けて降りしきる人生と眠りの残骸ばかり。

誰かがXを押す。別の誰かがXの頭に帽子をのせて、目元まで押し下げる。そのせいで、かわるがわる乱暴に小突く手の主が見えなくなる。最後の一押しで店の裏手のぬかるんだ路地にXを突き飛ばした手が誰のものなのかは、永遠にわからない。

寂しい不浄の浜

Lonely Unholy Shore

その島は中央に山を擁している。火山だが、森に覆われ、あたりには猿やインコの声が響く。近寄りがたく見える山で、それこそなにが起きてもおかしくない気配を宿している。雲を戴く峰々が環状にとりまくのは湖だ。真っ青な湖と、峰々と、雲と。いかにも神秘的で、この世のものとも思えない光景。このようなところにこそ荒ぶる山の神々は住まうのだろう。

山からおりると気温はどんどん上がり、やがて暑いくらいになって、ココ椰子林と水を張った田圃と村があらわれる。島は美しい。陽光と不思議と良い精霊と悪い精霊があふれ、死者と生者が同じように歩きまわる。神々が退屈してよそへ行かないようにと、ここではさまざまな祭りが執りおこなわれる。

黒々と魔法めいてそびえる山が睥睨する棚田は、鏡のようにきらめき、シギやサギが歩き、水から突き出す稲苗は、この世のなによりも緑が濃い。棚田のところどころに小さな台座を付けた杭が立ち、神々と悪霊に捧げる供物として花や果実や貝殻がのせてある。夜にはそこに蠟燭か、色鮮やかなペーパーランタンが灯される。風に吹かれてくるくるまわる風車(かざぐるま)と紙の吹き流しが、魔物どもを追い払う。

島民は陽気でありながらも細心の注意を払って暮らす。僧侶の家には複雑怪奇な暦があって、どの日に歯を削るといいか、どの日に結婚するといいか、どの日に田植えをするといいか、そうしたことがわかるようになっている。絵画は不安を誘うものが多いが、滑稽だったり美麗だったりするものもあり、それらを見ていると、同じ人間のみならずこれほどたくさんの精霊といっしょに暮らすのがどんなに厄介なものかがうかがえる。とはいえ、大人の女と幼い少女の屈託のない様子を見るかぎり、それもさほど深刻なものではないようだ。女たちは胸を露わにしていたり木綿のブラウスを着ていたりする。スカートがずり落ちないのはまさに魔法としかいいようがない。

島の村は埃っぽく、混沌として、猥雑で、和やかだ。村人は夕方近くから家の外で三々五々集まっては夜通しすわりこんでいる。闘鶏用の雄鶏はふてぶてしく、超然として、輝くばかりで、一羽ずつ竹籠に閉じこめられたまま、残忍で崇高な運命をひたすら待つ。小川で泳ぐ家鴨の群れは、子供が手にした羽の旗に目を奪われ、催眠術にかかったように後を追う。寺院の外では、名のある舞人の男が村の幼い少年たちに稽古をつけている。紫と緑を纏った舞人は、真面目顔の裸の少年の背後で敷き物にしゃがみこみ、細い腕にはめた腕輪を滑らせながら、少年の体に舞いの型を取らせ、頭に舞いの魔法を植えつける。伴奏の島の音楽は澄みわたって物悲しい。夢のなかで聞こえることがありそうな音楽でもある。ただ、それを正しく理解するには、年旧(ふ)りて崩れかけた灰色の石に刻まれている忘れられた幻獣を、四つ辻に立つ両性具有の神を、腹が地面にこすれそうな豚を、ねじれた灰色の大木を、その大木の裸の枝に魔法のように燦爛と咲き誇る花群（はなむら）を、まず夢に見なくてはならない。

海辺のホテルの庭では四人の白人がくつろいでいる。二人は到着したばかり、二人はしばらく前からこのホテルに滞在中だ。ホテルといっても、実際は竹の荒屋（あばらや）の集まりにすぎない。焼けた芝生にパーム椰子が点在する庭は狭苦しかった。白人のうち三人は日に焼けている。四人が椰子の木陰に腰を落ち着けて半時間ほどになるだろうか、そろそろ日が暮れかけていた。女ふたりはイングランド人だ。男はふたりともアメリカ人で、ひとりはボルネオで石油掘りをやっている。小柄で頑健なこちらの男が、率先して口を切った。「おれはルイジアナの出なんだが、北のほうへ行くと、足に水かきがあるんじゃないのかなんぞといわれる」

もうひとりの男はかなり飲んでいたものの、あまり楽しい気分になれずにいた。今さらのように石油掘りの存在がありがたく感じられ、男は深い感謝を込めてそちらを見やった。実直そうないかつい赤ら顔と隆々とした腕の筋肉を見ていると救われる思いがした。ルイジアナ人の単純な誠実さの温もりに触れることで、いっときとはいえ気が晴れた。男は豊かな硬い髪を撫でつけると、若いほうの女——日に焼けたほう——にほほえみかけた。女は男を憎からず思っていて、ほほえみかえした。

「少し海岸を歩かないこと？」その若い女を、もうひとりの青白い顔をした女が誘った。「暗くなるまでまだ間があるわ」

小麦色の顔の若い女はほほえむアメリカ人といっしょでなければどこへ行くのも気が進まなかったが、そちらを見やると席を立ち、青白い女と連れ立って歩きだした。男たちは礼儀正しく立ち上がって女たちを見送った。つややかな黒と白に鮮やかな緋色の肉髯（にくぜん）の鳥が一羽、地面に落ちた椰子の枯葉の上でいっしょになって見送っている。突風に椰子の葉がひっくりかえり、鳥は飛び去った。

ふたりの女はサンダルを脱ぎ、鮫と悪霊とバラクーダと毒蛇だらけの溶岩色をした海沿いに、寂しい浜を歩いていった。煙る夕日が雲間に沈んでゆく。日暮れ時には海から悪霊が上がってきて、浜は不浄の場所に変わるとあって、ほかには人もいなかった。ふたりの女は悪霊など気にしなかった――いや、存在を知らなかったのかもしれない。太陽の温もりを宿して珊瑚や欠けた貝殻をちりばめた砂の上、波打ち際を、女たちは裸足で静々と歩きつづけた。

「それにしても、アメリカ人ってよくわからないわ」年上の女がいった。女はいわゆるかわいらしい顔立ちで、青と緑のヘアバンドをつけていた。隣を歩く年下の女の腕の小麦色は、薄れゆく光のなかでは黒に近かった。「文明化もしないうちに頽廃してしまったというのは、そのとおりね」

隣の娘は曖昧な笑みを浮かべた。

「今まで本気になったアメリカ人がひとりだけいるけれど、その人、いつだって酔っ払ってた」青白い女はそういうと腰をかがめ、紫縞の翅を広げた蝶を思わす二枚貝の貝殻を拾い上げた。「情けないこと」女は悲しげにいった。

不浄の浜をむこうみずにも逢魔が時にうろつくふたりのイングランド女は、未開の島の悪霊たちの目にはずいぶん滑稽に映ったにちがいない。青白い女の平板で冷めた独善的な声は、荒ぶる島の神々の笑いを誘ったにちがいない。

どんなに滑稽か、わたしにもわからなくはない。隣を歩いていた女はわたしだから。

万聖節

All Saints

諸聖人（ラ・トゥサン）の日。

青い鎧戸とチンザノの広告がある新しい白い別荘にドブネズミなんかいるはずがないでしょう? 新築のあの家はいやに幅が狭くて背が高くてまるで白い靴箱を立てたよう、正面に左右対称に並ぶ窓には青い鎧戸、窓の周囲の壁は青一色に塗られて、黄色い〈チンザノ〉が斜めに跳ねている。美しい青、抜けるような青、空の青、聖母マリアの青、われらが清らかな貴婦人の美しさゆえに鮮やかに照り輝く青。

でも、聖処女を讃える者はもういない。幼い少女たちは新しい白いドレスをまといピクニックにでも行くような顔で初聖体拝領に向かうけれど、聖処女に思いを巡らすことはない。青き衣の聖母マリアは蠟燭の彼方へと去り、ムッシュ・フォルトゥナのルノーの新車に為り変わる。

贖ってもらいましょう、窓の周囲の壁の青に。彼方へと去るものの身代わりになってもらいましょう、青い壁に。佝僂病のワイヤーへアード・テリア、街からバスケットで連れてこられて日向に横たわっている、純血種（シアン・ド・ラス）の犬、値段は数千フラン、数千フラン分の毛と骨が鎧戸のあいだの小さな鉄のバルコニーで死にかけている。

ドブネズミには青い壁が透視できるのかしら。見て見ぬふりをしている人たちが、死にかけた犬とともに忘却に捧げられんとする愛が、赤地に白の水玉模様の紅天狗茸めいたカップが、ボトルの首が折れてなかのアルマニャックに浮かんだガラスの粉が、ドブネズミには見えるのかしら。

卵が割れるようなあの音はなに？

卵が割れる

どうして？　誰が割ったの？　どこで？

正確には投げつけたわけではなく、なにかの拍子に落としたわけでもなく。影の隙間の光の溝めがけてそっと放って石で割った、なめらかな卵、象徴（涅槃《ニルヴァーナ》は卵形をしているのだとか）、完璧なもの。ぶつかって、砕けて、黄色く飛び散って。先端技術《オートテク》の冷たい舌が石の黄身を舐め取った。身代わりの死、胸の病に冒されて体温計だけを頼みの綱に命をつなぐ少女が光の溝めがけてそっと卵を放った、朝食のトレイに残すと叱られるから。

　そのご褒美を、生い茂る草のなか泥だらけの腹を引きずるドブネズミは手に入れ損ねる。でもね、ほんの少しの辛抱で、もっとずっといいものが手に入る。

なによそれ？　あなたなにがいいたいの？　あなたときたら、いおうとしていることをきちんといえたためしがないのね。

わたしがいいたいのは、今が十一月で菊の花が売られているということよ、死者に手向ける白い菊の花が。

白い花は嫌い、葬儀を連想させるから……某夫妻は心よりの感謝を……美しいご供花……このたびの悲しいお別れ……ああ、失せにしその手に触れ、黙せしその声を聞けるものなら……。

レキシントンの葬儀社の棺(コフィン)は内張りが白いサテンで、なかの小さな枕も白いサテンでフリルやなにかがあしらわれて、それはそれはかわいらしかった……

でも、みんなが歩きながら覗く窓のようなもの、どう見てもあのなかは……

あれは長方形の棺(キャスケット)だった、長六角形の棺(コフィン)じゃなくて……

費用に含まれるのは金箔の椅子十二脚の使用料、それに蠟燭。電気蠟燭ね、たぶん……

さりげなく頰と唇に紅をさして……オーデコロンも……お金に糸目をつけずに……あのころはなにもかも考えてくれてほんとうにありがたかった。

墓地はそこらじゅうが菊の苦いにおい。黒いストッキングと黒い縮緬の喪章をつけて、お世辞あふれる会食の油っぽい料理に心底胸がふさがり胃がもたれた会葬者たちは、ビーズとねじった針金で作った見かけ倒しの飾りのあいだを湿っぽい午後を費やして沈痛な面持ちでそぞろ歩き、故人となった縁者を忍ぶ。予兆めいた泥がブーツの踵にべったりとへばりつく。腐りかけた植物のにおいが鼻腔の粘膜をくすぐる。しおれてうなだれた菊の葉にはすでに腐敗が忍びこんでいる。葉を落とした栗の木にじっとりとまとわりつく霧、朽ちゆく落ち葉の腐臭に紛れカサコソ這っていく一匹のドブネズミ。

ドブネズミはなんの関係もないでしょう？　わたしたちずっとドブネズミのことを考えていないといけないの？

考えるべきことがほかにある？

あらゆる営みの終わりにいるのはドブネズミ。

ドブネズミが悲しみに沈むあの人の白いサージのドレスの下をもぞもぞと這い進み、心臓を（もしも心臓があるのなら）食い破ったにちがいない……

あらいやだ、あの人がまたあそこにいる、これまでになく青ざめて。犬たちは骨と皮に痩せこけて。

あそこ、あの人が墓地への坂を登っていく、白いサージのドレスを着て、骸骨そっくりに痩せこけて、縮緬の頬に菫色の頬紅をはたいて、恐ろしい傷めいた口紅は病んだ心臓を思わせて。

あの人が握る革紐につながれた二匹の犬は、革紐の支えなしには倒れてしまいそう、かぼそい四肢は力なく、あれほど痩せこけた体のささやかな重みにすら負けてしまいそう……

犬たちは日々痩せていく、ほんとうよ……どんなにか苦しいことでしょう……あんなの許すべきじゃない。

門の手前であの人がためらっている。ブルジョワの履き物でかきまわされた泥濘(ぬかるみ)のなかにリリー・ラントリー風の上品な黒いロングブーツが細心の注意を払っておろされる。コットンライルの手袋に包まれた長い痩せた片手が鉄の門扉を恐るおそるひっかくようすは、ゴミ箱のなかになにがあるかと探っているようでもある。

それにしても、よりによって十一月に白のサージだなんて……いつだろうと白のサージだなんてありえない……きっと一九〇〇年の頃のスタイルね……どんな人だってあんな案山子じみたみすぼらしい形(なり)をするものじゃないわ……もっと他人の目を意識しないと……ほんとうにぞっとする……それからあの犬たち……みじめな境遇から救い出してやらないと……どうして誰もなにもしないのかしら。

あの人が目ざす場所にたどりついて、把手に指をかけて、万事つつがなく終わりそうに見える。と思いきや、例のごとくどんでん返しが待っている。つまり、肝心なものがないというわけ。あそこにないものはなに？　白いサージのドレスの下にないものはなに？

困るわよね、なんて気の毒な、でもほら、ほんとうにあれがないとなにもできない、あれを取り出さないとなにも始まらない……あなたドブネズミといった？……奥さま、まことに申し訳のうございます、じつに心苦しいのですが……とにかく規定がありませんので……個人の一存ではいかんともしがたく……

あの人が白いコットンライルの指で鼻先から滴るものを拭って、その湿った染みをつかの間見つめて、竹馬じみた下肢をぎくしゃく動かしはじめる。弱々しく従順に、犬たちもよろよろいっしょに歩きだす。

やっぱりだわ、あの人は帰っていく……犬たちは一歩一歩足をひきずるのもやっとのありさま……恥さらしな……物言わぬ動物への虐待だわ……どうしてあの人はいつもこの門まで来ては帰っていくのかしら……あんなふうになかを見つめて……まるで食屍鬼(グール)……

ちょっといやだわ、あの人の襟元に見たこともないほどちゃちで小さい毛皮の切れ端が……なんだか死んだドブネズミみたい……おお、いやだこと……いやだこと……

未来は輝く

すばらしい新生活が始まる場所で

New and Splendid: Where Now a New and Splendid Life will Begin

あのころのぼくはまだほんの子供だったけれど、船旅の気怠い雰囲気のなかで何日間も過ごしたすえに初めて〈高楼都市(ハイシティ)〉を目にしたときのことは——電気を孕んでピリピリする空気の、無数の松葉を軽く皮膚に突き立てたようなあの刺激的な感覚のことは、一生忘れないだろう。交通事故で両親をいっぺんに亡くして残ったのは借金だけだったから、ここへ来るにもほかの人たちのように空路を使うことはできなかったものの、これから先は、過去に見たことのあるどんなものともちがうこの新しい町でいよいよすばらしい新生活が始まることになっていた。それもこれも、昔から家族のあいだの語り草になっていた謎めいた大金持ちの伯父さんが、今後は面倒を見ようと申し出てくれたおかげだった。

貨物船の甲板に出ると、太陽がまぶしかった。激しい風が瑠璃色の水面を叩き、筆で刷いたようなエメラルド色の波が立った。ぼくがあとにしてきた地域では、まだ人や荷物の行き来に海路が多く使われていた。船上での会話からするとこちらでは事情がちがうらしいとはいえ、海運業がないというのは不自然な感じがした。反対に空は飛行機だらけで、キラキラした黄金虫そっくりにあらゆる方向へ猛スピードで飛び交って、雲ひとつない一面の青に、真っ白な飛行機雲が無数の十字模様を描いていた。

もっとも、ぼくの心をほんとうに捉えていたのは、行く手にそそり立つ夢のようなスカイタワー群だけだった。寄り集まって一個の巨大な矢尻を形作る超高層ビル群は、建築様式も壮麗なら設計も驚異的で、いつしか全世界の国々が真似したくても真似できない、得がたい完璧さの普遍的な青写真ともいえるものになっていた。それが現実に、真正面にあった。にもかかわらず、この途方もないビル群を自分の目で見ているとはなかなか信じられなかった。なにしろこれまでは写真を通してしか馴染みがなかったのだ。塔の形は澄んだ光のなかでどれも硬く鋭かった。巨大な建造物のひとつひとつが、きれいに晴れわたった空を背景に艶やかな金属の氷めいた鋭さで屹立している。おまけに、とてつもない数の透けるように白っぽい垂直な塔は恐ろしいほどに凄みがあって、容赦ない強烈な日射しのなかで、この世のものとも思えない神秘的な雰囲気を醸し出していた。

　存在感のある巨塔の群れは、景色とぼくの心を占領しつつも、どことなく身動きが取れないでいるというような印象を与えた。なんだか謎の監視者の一団が陸の突端に押し寄せて、ぼくの到着を見守りながら、一種独特の気というかメッセージみたいなものを発していて、それはぼく個人に関係があるのに意味がわからない、そんな感じだった。そっちをずっと見ているのはつらいけれど、そのくせ目をそらすこともできなかった。いつのまにか心のなかでは不安と紙一重の畏怖が頭をもたげていて、だったらそいつを抑えつけてやろうと、ぼくはビル群がなにを連想させるか考えることにした。そうすればビル群の異様さを、気の休まることばの境界線のなかに閉じこめられるんじゃないかと、そんな気がした。まず思いついたのは、バカでかいサボテンの棘だった。けれどもつぎの瞬間、その白っぽい色合いのせいで、別のものが頭に浮かんだ——天高く突き立てられたバカでかい剝き出しの腕と脚……ギリシャ神話の巨人（ティーターン）の不滅の肉体……。あんな高いところを住まいにして、平然と（たぶん）暮らしていられるのは、いったいどんな種類の人間なのか……ぼくには想像もつかなかった。

それまでぼくは巨大ビルのてっぺんばかり見ていたのだけれど、ちょっと視線を下げてみると、驚いたことに、足元のほうが濃い霧だか雲だかで（空気は水晶のように澄んでいるのに）覆われていた。しかもその霧だか雲だかは、ふつうの小さな家くらいの高さまで達したところですっぱり切れて、テーブルのように真っ平らな面が四方に広がっているのだ。どんな種類の霧も立つはずがないくらい日射しはとにかく強烈だったから、あらゆるものの輪郭が宝石の硬さでくっきり際立って見えて、そのおかしな形の雲もやっぱり鋭い線で描いたみたいで、巨大な構造物の足元に塡めこんだテーブルの天板というしかなかった。どうして強い海風があれを吹き払わないのかさっぱりわからなかったけれど、とにかくその霧だか雲だかは頑固なまでに停滞して、不動不変を保っていた。

なんだかひどく奇妙な雲だった。ぼくの知っているどんな自然の法則に照らしても、あんなところにあんなものがあるはずはないのだ。じっと見ているうちに、やっと理由が判明した。この船の動きのせいか、海特有の光だか反射だかのせいで、しばらくのあいだ別角度からの光景が見えていたらしい。つまり、都市の足元を覆う分厚い霧の塊、濃密な霧堤と見えたものは、薄い雲が光源と同じ高さで水平に広がって、風に乱されることなくその場に留まっているだけのことだった。

　この不動の天井（微動だにしないところがなにか妙に人工物的な印象を与える）の下に、一瞬、都市を支えるいくつもの巨大な四角い台座がはっきりと見えた。ひとつひとつの台座には入り組んだ黒いトンネル網が穿たれて、台座同士は氷河のクレバスめいた深くて狭い道で隔てられている。雲の屋根の下にもうひとつの都市の姿を垣間見たような、まさにそんな気分だった。高層大気のなかできらきらと威容を誇る輝く都市とはなにからなにまでちがう、太陽の光が決して届くことのない窖（あなぐら）と地下道でできた都市……。

　すぐにふたたび雲が厚くなり、カーテンのように霧がおりて、下層都市の姿はたちまち掻き消えた。今のは現実だったのか？　なにもかも想像の産物だ、目の錯覚かなにかだと考えてすませることもできただろう。それでも、巨大台座の隙間の日の射さない亀裂を探りさぐり歩く住人がいるかもしれないと思うと、なぜだかふと不安な気持ちが掻き立てられた。とにかく今この瞬間は、あの場所のなにもかもが異様で不気味としか思えなかった。急に家に帰りたくてたまらなくなった。あまりにも理不尽な死にかたをしたあげく見も知らぬ人の手にぼくを委ねた父さんと母さんに会いたくてたまらなくなった。面倒を見てくれる身内がほかにいさえすれば、少なくとも故郷に留まることができたのに……。突然、未来が曖昧模糊とした、警戒すべきものに思えてきた――そう、たとえば、伯父さんに嫌われたらどうする？　ぼくのことをバカだと思われたらどうする？　学校の成績はいつもよかったけれど、こっちでは条件がまったくちがうかもしれないということが、急に現実味を帯びてきた。さらに、知らない国で知らない人たちに交じって一からやりなおすのがどんなに大変かということも、あらためて意識させられた。とはいえ、あのころのぼくは子供で立ちなおりも早かった。すぐに頭を切り換えて、ついにここに来たぞ、この世でいちばん美しい都市に来た、という高揚した気分に集中することにした。ここは誰もが見たがる場所なんだ……そういえば、学校の友達にもうらやましがられたじゃないか……みんなぼくと替わりたがっていたっけ……

「なかなかの眺めじゃないか」と声が響いて、考え事を遮られた。ぼくのほかにこの貨物船で旅をしているただひとりの乗客が、首に双眼鏡をぶらさげて、晴れやかな顔で行く手を見やりながら近づいてきた。黒髪でハンサムな青年は、船首の手摺りのところにいたぼくの隣まで来たかと思うと、驚異の空中都市に双眼鏡を向けて実況解説の真似事を始め、塔といっても大きいのや小さいのやいろいろだ、市のシンボルの翼ある巨像があちこちに見える、巨塔の周囲にはガーデンテラスがぐるっと巡らせてあるぞ、あっちのは屋根がない、そっちのは屋根がある、燃えるような色の南国の花が双眼鏡越しでもわかるな、などと、目にしたものについて事細かにしゃべりたてた。

すっかり集中が途切れてしまった。この人はなんでわざわざこんな解説もどきをしにきたんだろうと、ぼくは訝かった。だいたい今まではぼくのことをあからさまに子供扱いして見くだして、相手にしようとしなかったのだ。本人はもう大学生で、事あるごとにそれを吹聴していたから、船上では〈学部生〉だの〈学生〉だのと通称で呼ばれていた。年齢は二、三歳しかちがわなかったけれど、ぼくらはふたりともまだ大人になりきっていなかった。そういう時期はたとえ五歳差でも、二十五年後の五歳差よりちがいがずっと大きく感じられるものだ。船旅のあいだ、この人が終始ぼくなどより高級船員と付き合いたがっているのは一目瞭然で、ぼくらの関係はとうてい親しいとはいえないものだった。ぼくに声をかけたのも、目的地についた今、ほかの顔見知りがみんな忙しく立ち働いているからというだけのことだろう。そういえば甲板にも何人か高級船員の姿があって、おのおの少人数の水夫のグループの先頭に立ち、荷下ろしを待つ船荷をおさめた船倉での作業を進めていた。

「あの高楼群の輝くようすのなんと美しいことだろう。まるで純金で造ったようじゃないか」〈学生〉は滔々とまくしたてていた。「この世で最も感動的な景色は〈ハイシティ〉に近づいていくときだというが、まったくもってそのとおりだよ——壮麗としかいいようがない。じつに壮麗だ」

ずいぶんと熱烈な話しかたに驚いたぼくは、今ごろやっとまともに〈学生〉を見て、その洒落た服装にまた驚いた。海にいるあいだ、この人はスラックスに分厚いウールのセーターというぼくと似たりよったりの格好で過ごしていて、ほかの服を着た姿を見せたことがなかった。そのくせみんなの前では、ぼくは金には困っていない、じつは本を書いていてね、船旅をしているのもあくまでネタを集めるためであって金欠だからじゃないんだ、というようなことをわざわざ触れまわっていた。ぼくはそのたび、またこの人一流のうぬぼれだと思って反感をいだいたものだ。ところが今の〈学生〉は、仕立てのいいダークスーツにキャメルコートを羽織っていて、思わず見蕩（みと）れてしまった。しかも足元は、ロープソールのエスパドリーユとは打って変わった茶色いスエード靴なのだ。それに気づいたぼくは、洗練された身なりについて一言褒めずにいられなくなった。

「こっちでは垢抜けて見えないとだめだからね」気をよくした〈学生〉はそういうと、悦に入ったように自分の姿を見下ろした。それから、褒めことばに対するお礼のつもりか、きみも見たまえとぼくの目の前に双眼鏡をかざし、ピントを調整するリングをくるくるまわしはじめた。「そら、これではっきり見えるだろう？　こんなすばらしい光のなかだと細部まではっきり見て取れないか？　空気はシャンパンさながら——まさしく肺に吸いこむ強壮剤さ。じっくり見たまえ——きみが目にしているのは、世界に冠たる驚異の都市だぞ。人類進化の新段階の象徴といってもいい——メトロポリタン人の時代が始まろうとしている——いや、すでに始まっているんだ——」

そうやって仰々しい気障な調子でしゃべりつづけているのなら、せめてピント調整はぼくにやらせてほしかった。というのも、恐ろしいほど巨大な茸の軸でできた森というか、無数の白っぽい男根めいた形がぼんやり見えるだけだったからだ。けれど、なにもいえないでいるうちに、〈学生〉はすばやく双眼鏡を自分の目元にあてがって、途方もないスピードで頭上を飛んでいく正体不明の物体に向けた。あれは原子力で動いているんだぞ、と〈学生〉は解説を始めた。最新鋭の爆弾が搭載されていて、一発で最低でも十の都市を確実に叩きつぶせる……。まるで発明者は自分だといわんばかりの誇らしげな口調だった。不気味な鳥影は甲高い叫びを発しながら、つぎからつぎへと甲板を渡っていった。そのあとで波が船殻を叩くおだやかな自然音を聞くと、なんだか妙な感じだった。船は今はほとんど動いていなかった。どうして止まってしまったのと、ぼくは尋ねた。

「港湾局を乗船させるためだよ、決まってるじゃないか」その声と、双眼鏡を独占するかのようにストラップを首にかける手つきの素っ気なさで、〈学生〉が今までのあけっぴろげな態度から一転していつもの勿体ぶった、偉そうな態度を取りもどしたのがわかった。思ったとおり、彼はこんなふうにつけくわえた。「まさかこの手の大型船舶が、手漕ぎボートを岸につなぐような具合に簡単に停泊できると思っているわけじゃなかろうね?」

ぼくは返事もせずに甲板の右舷側に移動した。人を見くだすような侮蔑的なあの態度は、船旅の最中だけでたくさんだった。そう思ったそばから、ぼくは不覚にも興奮して叫んでしまった。「来た、あそこ！」小型艇(ランチ)が一隻、市旗をはためかせ、甲板から下におろされていた縄梯子を目指して、波を突っ切って近づいてくるのが見えた。

〈学生〉はぼくに劣らず興奮した面持ちで駆け寄ってくると、双眼鏡が体から離れて宙にぶらさがるほど手摺りから遠く身を乗り出した。ランチを船に横付けするのはちょっと手間取った。最初は停止目標点を通りすぎてしまって、後退するかわりに、大きな円を描いてもう一度目標点にもどることになったからだ。つづいて、制服の船員が縄梯子を押さえて固定しているあいだに、ダークスーツの男たちがキャビンからぞろぞろと地面の穴から出てくる甲虫みたいにあらわれると、縄梯子の不安定な横木をつぎからつぎへとぎこちなくのぼりだし、上までたどりついたところで、ここからは姿が見えない誰かの手を借りて、ひとりずつ甲板におり立った。

遠目に見るかぎりでは、港湾局の面々はびっくりするほど感じのよくない連中だった。ぼくは笑いながらいった。「ああいうのを柄(がら)が悪いっていうのかな」

とたんに〈学生〉がぼくの腕を痛いほどきつくつかんで、「黙ってろ！」と鋭く耳元でささやいた。ぼくのことばが聞こえてしまうといわんばかりだった。そんなはずはなかった。ぼくの声など、乗りこんできた連中に届く前に風が攫(さら)っていったに決まっている。最後のひとりが梯子のてっぺんに着くと同時に悪意のこもった目でこっちを見上げたのは、ただの偶然にちがいない。聞こえるわけがないと納得できると、ぼくは腕をさすりながら、隣の青年に向かっていった。「あの人たちとやりあう練習?――あいつら、暴力しか理解できないって顔してるものね」

ぼくはてっきりまた腕をつかまれるものと思っていた。実際、すでに相手になる気満々で身構えていたくらいだ。ところが、〈学生〉は真剣そのものの顔でこういった。「バカをいうな。冗談でもそういう危険なことは口にするものじゃない」

ランチが舳先で水を割り、両側に水飛沫（しぶき）を跳ね飛ばしながらカーブして離れていった。ぼくの意識は半分そっちに向いていたけれど、〈学生〉が今までこの土地に関わるものならなんでもかんでも褒めちぎっていたあとだけに、この返事にどこか不自然なものがあるのを感じて、思わず尋ねた。

「じゃあ、あなたのいう驚異の都市では、他人を批判しちゃだめってこと?」

「そういう問題じゃない」〈学生〉は不安そうな面持ちでそわそわと双眼鏡のストラップをいじりながら、噛みつくように切りかえした。貨物船は速度を半速以下に落としてじりじりと前進を再開した。「きみのためを思って忠告しているだけだ。最初は用心しすぎるぐらいじゃないといけない。今はたったひとつの過ちが、ここでの未来をすべてぶちこわしかねないからな。真面目な話、それで上陸拒否されるどころか、場合によっては〈路地（レーンズ）〉送りになる者もいるそうだ」〈学生〉はそれだけいうと足早に甲板を歩み去り、「場合ってどんな場合?」とぼくが叫んでも振り向きもせずに視界から消えた。取り残されたぼくは、〈学生〉の態度の豹変に呆然とするばかりだった。

〈レーンズ〉というのがどういうものでどこにあるのか、できることなら聞いておきたかった。とはいえ、〈学生〉を追いかけようとは思わなかった。どっちにしろ、たった今この都市を褒めちぎったかと思うとつぎの瞬間には不吉なことをほのめかすという調子では、情報源としてはあまり期待できそうにない。どうしてあんなふうに態度が変わったんだろう? ひょっとして、単にぼくを脅かそうとしたのか……。ぼくが〈学生〉の想像どおりなんの当てもなくここに来た寄方（よるべ）ない子供だったら、それもうまくいったかもしれない。とはいえ、やっぱりさっきのことばは気になった。ぼくは気持ちを落ち着かせる必要を感じて、心のなかでうそぶいた。「あいつは知らないけど、ぼくには大物の後ろ盾があるんだからな」

どうして伯父さんのことを船上の誰にも一言もいえずに終わってしまったのか、自分でも説明がつかなかった。とくにわけがわからないのは、もともと秘密主義でもなんでもないこのぼくが、いつになく口が重かったことだ。たぶん〈学生〉が自慢話に明け暮れる姿に嫌気がさして、黙っていようと思ったのだろう。とにかく、常任首席サイバネティックス顧問のような有力者がぼくを歓迎するのを見たら、あいつも無礼な態度をとったことを悔やむにちがいない――そんなことを思って、ぼくは今さらのようにちょっとした満足感を味わった。そう、この〝常任首席サイバネティックス顧問(PCCC)〟というのが、伯父さんの肩書なのだ。ただ、これがいったいどんなものかはぼくも知らなかった。

じりじりと移動していた貨物船は、すでに大きな港に入ってある程度の距離を進んでいた。水際に並ぶ背の高い倉庫群がすぐそこまで迫り、その向こうの巨塔の群れは半ば視界から締め出されて、おかげで威圧感が多少は薄らいできた。今だったら、あれを無視できるとはいわないまでも——遠くの圧倒的な存在は頭の片隅では絶えず意識させられたから——少なくとも、もっと近くのものに表面的な注意を向けることができた。もう船旅の連れのことやその矛盾した言動のことでくよくよするのはやめにして、ぼくは港側の手摺りにもたれると、行く手の埠頭を食い入るように見つめた。

伯父さんはあそこに迎えにきているだろうか。伯父さんからもらった一通きりの手紙には、万難を排して港へ迎えにいくと書いてあった。そうはいっても、急ぎの仕事を山ほど抱えているような重要人物なら、面識のない甥っ子の到着についての詳細など簡単に頭から抜け落ちてしまいそうだった。その可能性にも、ぼくは動じなかった。多少は手元に現金を持っていたし、伯父さんの家に行くくらいならそれで足りるはずだ。ぼくとしてはむしろ、伯父さんが迎えにこなければいいとさえ思った。そうすれば、どんな難題も手助けなしで解決する力があることを証明できる。そのためなら〈学生〉に対するいっときの優越感を犠牲にしたってかまわなかった。

埠頭を見やると、ぼくらの到着はたいして歓迎されているふうでもなかった。というより、この船の入港自体にどこかしら人目を憚る雰囲気があって、ほとんど誰も気づいていなかった。近ごろは船舶の往来が稀なせいか、広大な臨海地区は全体がすっかり寂れて見えた。ひと気がないし、寒々しい。そんななかで一カ所だけ例外があった。大きな倉庫の巻上げ扉が、おおぜいの男たちの手でじわじわと、ぎこちなく持ち上げられようとしていた。男たちはふつうの作業員には見えなかった——もっとも、どうしてそんな印象をいだいたのかは説明しにくい。というのも、身につけているおそろいの朽葉色の服は、いかにも港湾作業員ふうのオーバーオールだったからだ。雰囲気や動きから感じた、鼻につく上品さのようなものが原因だったかもしれない。

幅の広い金属板がようやくぜんぶ巻き上げられると、暗い洞窟の入口めいた奥のところに、少人数の一団が寄り集まっているのが見えた。みんなこっちへ近づいてくるわけでもなく、そこに突っ立ったまま上のほうというか、船のほうをじっと見ている。「あのなかに伯父さんがいるのかな?」ぼくは首を傾げながら、判然としない人影に目を凝らした。この距離だと、東洋人の集団のように顔の見分けがつかなかった。

「あれが伯父さんだ」ひとり目立つ人物が集団の前に出てきたのを見たとたん、ぼくはそう確信した。その人はぼくに向かって手を振りながらなにかよくわからないことを叫ぶと、ふたたび背後の暗い洞窟へと消えていった。伯父さんらしき人が消えたところをぼくはしばらくのあいだ見つめていたけれど、その人が前へ出てくるようすはもうなかった。今のがほんとうにぼくの期待する相手だった可能性はどんどん薄らいでいく気がした。伯父さんならぜったいタラップがおろされるのを待っていてくれるはずなのだ。

そんなことより、実際に顔を合わせたときどうすれば伯父さんだとわかる？　なにしろ伯父さんの外見についての唯一の手がかりは、馬に乗っているところを母さんが写した、何年も前のスナップ写真一枚きり。おまけに、その写真もたいして役には立たない。というのも、ぼくの関心はもっぱら乗り手よりも馬に向いていたからだ――乗り手についての記憶はといえば、ウェーブのかかった金髪と真っ白な歯、それから、かなり昔ふうの、ミュージカルコメディにでも出てきそうな整った風貌という、朧げなものばかりだった。常任首席サイバネティックス顧問らしいイメージからはどれも懸け離れている。そもそも、今ごろは伯父さんもすっかり面変わりしていることだろう。とりあえず、典型的な〝お金持ちの伯父さん〟なるものを想像してみることにした。陽気で恰幅がよくて、ぼくの背中を勢いよく叩いて「若いの」と呼ぶような人物か。いや、大富豪というからには、何台もの電話がいつも後ろで鳴り響き、胃潰瘍持ちで血色の悪い顔をした人物か。どちらもさっき見た人物には当てはまらなかった。あの人は、顔はわからなかったものの、見るからに生気にあふれていたし、長身で姿勢もよかった。なにか叫んで手を振ったのはまちがいない。ただ、ぼくに向かって叫んだとはかぎらなかった。今気づいたのだけれど、ぼくの真上にある船橋（せんきょう）には高級船員の一団がいたから、そのなかの誰かに向かって手を振っていた可能性もある。

「下に誰か知りあいでもいたかい？」

声をかけられて、ぼくは跳び上がりそうになった。〈学生〉だった。彼のことはすっかり忘れていたけれど、気づけば好奇心もあらわな顔で食い入るようにこっちを見ている。あまりいい気分ではなかった。「伯父さんがいたような気がしたんだ。迎えにくる約束だから」とさらりと答えればよかったようなものだけれど、そのことばを口にするのは気が進まなかった。ずっと伯父さんのことを話さなかった手前、今さら話すのもおかしい気がした。どっちにしろ、この人にはなんの関係もないじゃないか？　けっきょく、答える必要はなくなった。折よく昇降通路からあらわれた三等航海士が、ぼくらふたりの名前を呼んで、港湾局が談話室で待っていると告げた。

「だろうな、もちろんだ……行くとも、行くとも……今すぐに」〈学生〉は例によってぼくなど存在しないかのように勿体ぶって答えると、三等航海士の後を追って甲板を離れた。

見まわすと、船橋にいた一団も下に行ったあとだった。談話室でぼくの番が来るのは、まだ何分か先にちがいない。そんなわけで、ぼくは甲板を独り占めする快感を満喫しながらその場に留まって、さっきの倉庫を見下ろした。倉庫の屋根には大きなセグロカモメがたくさん止まっていた。みんな風上を向いて等間隔に並んで、じっと動かない。満腹だからだろうか。なんだか作り付けの屋根飾りの一部みたいだった。埠頭はがらんとして、きれいに片づいていて、まったく使われていないように見えた。発掘されて整頓された古代の遺物かなにかみたいに、過ぎた時代の遺産としてきちんと保存されている感じで、人の気配はどこにもなかった。

倉庫のなかで寄り集まっている人たちのあいだにさえ、ざわめきひとつ起きず、目につく動きひとつなかった。金属扉を巻き上げていた男たちは、あの作業で疲れきってしまったのか、石畳の上で大の字にのびていた。あんな吹きっさらしの場所では、さぞかし居心地が悪いにちがいない。すさまじい風が悪意をいだく犬みたいに、あの独特の服をなぶっていた。連中が着ているあれは、やっぱり制服みたいなものらしくて、ふつうの服とはぜんぜんちがって見えた。といっても、厳密にどこがちがうのか、遠すぎてはっきりしなかった。重い扉を巻き上げるのがあんなに大変そうだった理由については、今なら説明がついた。何人かはかなり年を取っているうえに、ひとり残らず貧弱な体つきなのが見て取れたのだ。なぜかぼくは作業員たちのそんな姿に心を奪われ、同時にかすかな不安を覚えた。眺めているうちに、気持ちがざわついてきた。前に両親といっしょに海外旅行に行って、鎖につながれた囚人の一団が武装した看守の監視下で屋外作業をしているところを見たことがあるのだけれど、そのときと同じような気持ちだった。
なんとか作業員たちから視線を引きはがすと、倉庫の暗い入口で羊みたいに群れている顔のわからない集団を見やった。伯父さんに思えた人があのなかにいたとしても、あれっきり消えてしまったようで——

「さんざんみんなを待たせて、なにさまのつもりだ？　おまえさんのせいで船が足止めを食らってるんだぞ」

響く怒声に、なんだろうと慌ててふりむくと、三等航海士がこっちをにらんでいる。ぼくを連れてくるようにいわれてきたらしいが、いっそ船の外へ放り出してやりたいといわんばかりの顔だった。ぼくは駆け寄って必死で謝ったけれど、三等航海士は怒りを収めるどころか、ぼくの肩をがっちりつかんで、さっさと来いと急き立てた——ぼくとしてはほかにどうしようもないのに、彼はぼくを小突きつづけた。不機嫌そうなそのようすに、ぼくは驚いた。これまでは笑顔の絶えない人だったのだ。船でいちばん陽気といってもいいくらいで、若手の高級船員のテーブルはたいてい爆笑の渦に包まれていた。今のこの人のむっつりした表情が、ぼくには理解できなかった。やがて、その首に巻かれた厚手のスカーフに気づいた。そういえば、顔の片側が心なしか腫れているようにも見える。歯でも痛むのかもしれない。

「最近はみんな態度が変なふうにころころ変わるのがふつうなのかな」そんなことを考えながら、もう一度だけ手摺りの向こうを見やると、ちょうどぼくらの船が繋留されるところだった。病人にしか見えない作業員たちが、太い繋留索を引きずってこれまた太い繋船柱にひっかけようとしていたが、ひっかけるだけの力がある者はあまりいないように見えた。うまくやれるかどうか見届けたかったけれど、容赦ない付添い人はぼくの肩にかけた手を緩めることなく、どんどん下へと進んでいく。なんだか逮捕されたみたいな気がしてきた。

ぼくは談話室の外で足を止めて、囚人みたいな不名誉な格好で港湾局の人の前に出るのはいやだと抗議した。

「後悔先に立たずってことだ」と答えが返ってきたかと思うと、つぎの瞬間、ぼくは部屋のなかへと押しこまれていた。

またしてもぼくは驚いた。部屋のようすが一変していた。家具はほとんどみんな脇へ押しやられ、テーブルだけがいくつか端と端をくっつけて中央に並べられている。テーブルの上にはファイルやノート、山積みの書類、テープレコーダーに電話（舷窓の外へ電話線がのびていた）、それに、なんだかよくわからないものがところ狭しと置いてあった。談話室が事務所か小さな法廷になったみたいだった。行列して船に乗りこんできた男たちは、中央のテーブルの前にずらりと顔を揃えていた。

みんな背広のラペルにこれ見よがしに徽章を着けている。テーブルの向かい側は、証人席かなにかのように広いスペースが残してあった。船長と航海士と機関長はアイロンをかけたばかりの染みひとつない制服に、おのおの飾緒をひとつ、ふたつ着けて、部屋の片隅の比較的目立たない場所にしゃっちょこばってすわっていた。これまで全権を握っていた人たちが急に格下げになったのを見て、ますますぼくは戸惑った。

〈学生〉の姿はどこにもなかった。そっちの手続きが先かと思っていたと居並ぶ面々に向かって弁解している最中に、ドアのそばの暗がりに当の〈学生〉の姿を見つけた。小さな手帳に鉛筆で一心になにか書きつけている。自分の名前が聞こえて〈学生〉はちらっと顔を上げたが、ぼくに気づいたそぶりはまったく見せず（このときばかりは、たとえ相手が〈学生〉でも、反応してもらえたら嬉しかっただろう。厳めしい顔の列と家具の配置のせいで、部屋は耐えがたいほど堅苦しい雰囲気に包まれていたから）、そそくさと手帳にもどった。

なかほどに座を占めた三人がほかの職員より立場が上らしかったが、やがて、三人のうちでいちばん痩せた男が口をひらいた。「最後が最初」と聞こえた。それとも、「最年少が最初」？　とにかく、ジョークのつもりだったとみえる。雰囲気を和らげてくれたお礼に、ぼくは笑いかけた。ところが、折悪しく痩せた職員は煙草に火をつけようとうつむいたところだった。顔が隠れる格好になって、この人にもやっぱり反応してもらえなかった。

まんなかにすわった二重顎の大男が手続きの責任者だった。ぼくにすわれといいながら、並べたテーブルの正面にぽつんと置かれた椅子を指さした拍子に、小指のダイヤモンドがまばゆい煌めきを放った。三等航海士はさっきからずっとぼくの肘のあたりに立っていたのだけれど、今のが付添い任務終了の合図だったというのか、すぐさま部屋を横切ってドアの前へ行き、誰も出入りさせまいとするかのようにそこに陣取った。どうしてみんなこんなにむっつりとしかつめらしい顔をしているのか、ぼくは不思議でしかたなかった。〈学生〉ならそれもわかる。あいつの場合、もともとぼくと親しくする気がなかったから。でも、いつもぼくに温かいことばをかけたり冗談を飛ばしたりしていた船長が、どうして今は日に焼けた丸顔にぼくを知らないみたいな虚ろな表情を浮かべているのだろう？　ともあれ、こんなふうに部屋を見まわしていないでしっかり前を見たほうがよさそうだと、遅まきながらぼくは気づいた。

パスポートを見せろと大男にいわれて、ぼくはすばやく取り出した。船室に置きっぱなしにしないように気をつけていたのが幸いした。これも規則どおりのことだとわかっていたので、ぼくはパスポートを手渡すと、ゆったり腰を落ち着けて待つことにした。不安はなかった。手続きは簡単であっという間に終わるだろうと思った。パスポートもすぐに返してもらえるはずだ。ところが、ページはほとんど白紙なのに、大男は細心の注意を払って丹念に目を通し、出入国スタンプとビザをいちいち確認している。肉厚な手が一定のペースで固い表紙を押しひらくたびに、ダイヤモンドが禍々しく光った。ぼくの目にはずいぶん高価なダイヤに見えた——そんなに地位や権力があるわけでもない人間に、あんな宝石が買えるものだろうか。父さんは軍人だったけれど、母さんのためにああいう美しい宝石を買えるほどの大金はついぞ稼げなかった……ふとそんなことを思い出して、気持ちが沈んだ。ぼくのほうから見るパスポートは、いうまでもなく上下が逆だった。けれど、海外旅行に連れていってもらった記念ともいうべき数個のスタンプのことはあらためて見るまでもなく記憶していた。いつしかぼくは両親のことを考えはじめていた。二度ともどらない幸せな日々の記憶に胸が苦しくなった。

幸い大男はぼくになにも尋ねることなく、大きな頭をゆっくり左へ、右へと動かして、両隣の職員になにか指さしながらひそひそしゃべりかけただけだった。このようすに、ぼくは悲しみも忘れるくらい驚いた。ぼくのパスポートに、そんなふうにひそひそしゃべるようないったいなにを見つけたというのだ？　黒い毛の生えた太い指が手際よくページをめくっていく。そのたびに指輪からほとばしるぎらぎらした煌めきから、ぼくは目が離せなかった。時間が止まっているような気がした。三人が顔を寄せてささやき交わす。指輪が煌めく。外からはときどき叫ぶ声が響いてきて、ぼくは意味を推し量ろうとするのだけれど、うまくいかなかった。眠りかけているときみたいに、なにもかもぼんやりして遠くなっていく感じがした。

タイプライターのカタカタいう鋭い音に、ぼくはハッと現実に引きもどされた。いいタイミングだった。ちょうどそのとき、大男がとうとうパスポートをぱたりと閉じたのだ。ぼくは受け取ろうと手をのばしたけれど、まだ返してもらえなかった。それどころか、大男はテーブルの自分の前にぼくのパスポートを置いたまま、カバーに重々しく手をのせると、ここに来た理由を説明しろといった。

困ったなと、ぼくは思った。この質問が予想外だったからではない。じつはあらかじめ船長にそれ相応の受け答えを教わっていたし、ありがたいことに練習の相手までしてもらって、心の準備はしっかりできていた。ただ、あのときのぼくは船上生活の物珍しさと高揚感に気も漫ろで、待ち受ける手続きのことにまでちゃんと気がまわっていなかった。そのあげく、この何分か重苦しい空気にさらされて、これは面接の結果しだいでとんでもないことになりそうだと、今さらのように気がついた。こんな状況は早く終わらせたかった。そうして、なんとなく直感でわかってしまった——すべてを丸くおさめるには、伯父さんについて話すのがいちばん手っ取り早い、と。そうはいっても、話せば船長ばかりか船のみんなを欺していたと思われるに決まっている。親切な船長がぼくのために貴重な時間を割いて練習につきあってくれただけでも申し訳ないのに、そもそもそんな労を執る必要はなかったなどとぜったいに知られてはならなかった。

そこでぼくは、名高い〈ハイシティ〉に誰もが抱く好意的な見解について、船長との練習で覚えたとおりの台詞を暗唱しはじめた。ところが、どうにも自分がしゃべっていることに集中できなかった。声と同時に鳴り響くタイプライターの音のせいだった。音が途切れ途切れなものだから、なおのこと気に障った。なにしろ、ぼくが音と競うようにどんどん声を張り上げる、突然タイプライターの音が止まる、バカみたいなぼくのわめき声だけが響きわたる――そのくりかえしなのだ。これも船長のためだと、ぼくは必死でしゃべりつづけたが、こっちを見つめる港湾局の職員たちは無表情なままだった。話がちゃんと伝わっているのかと、不安が込み上げてきた。

恩ある船長への感謝にしるしに、ぼくは台詞を完璧に暗記していることを躍起になって証明しようとした。この都市は周知のとおり抽象概念ではなくて稼働原理としての理想が存続している世界でたったひとつの場所です云々と、とにかくしゃべりつづけた。そうするうちにも二台目、三台目のタイプライターの音が響きだした。急に腹が立ってきて、どうか話が終わるまでちょっとだけ静かにしてはもらえませんかと、ぼくは頼んだ。

「そんなことではいつまでたっても手続きが終わりませんよ」と痩せた職員（ほかの連中よりはぼくに親身になってくれているらしい）がいった。

もうそれほど時間は取らせませんからと答えようとしたとき、今まで沈黙を守っていた三人目の職員が嫌味たらしくさえぎった。「いわせてもらうが、きみの話はいいかげん聞き飽きたよ――よけいな講釈はもうけっこう」

「で、要するにどういうことだね?」さらに、ボスとおぼしき例の大男が大儀そうに口をはさんだ。

「オウムみたいに丸暗記した山ほどの美辞麗句をしゃべりたてられてもな。まったくわけがわからんね」

「わけがわからないのはこっちです!」言いがかりをつけられ、ぼくはカッとなって声を荒らげた。「質問したのはそっちでしょう?――しゃべらなければ答えられっこないじゃないですか。わけがわからないっていうけど、こんなうるさいなかで自分のしゃべってることに集中しろっていわれてもぜったい無理です。まとまる考えもまとまりません。わざといらいらさせようとしてるんじゃないですか? あんまりだ!」オウムといわれた悔しさに、ぼくは思わず立ち上がって拳をテーブルに叩きつけた。とたんに司厨長(今までいることにも気づかなかった)が、ぼくを椅子に押しもどそうというのか、腕をのばして飛びついてきた――司厨長に迷惑をかけまいと、ぼくは努めて静かに腰をおろした。怒りは抑えるべきだった。

大男の職員がぼくをにらんで一喝した。「黙らっしゃい!」いっぽう、ぼくを毛嫌いしているらしい三人組の三人目は、顎を突き出して(遠くまで突き出しすぎて顎の血の気が失せたほどだ)いった。

「われわれよりもこの都市のことをよく知っているといいたいのかな、ん?」

「まずいな」とぼくは思った。「とうとうほんとに全員敵にまわしちゃった」ここで伯父さんのことを話さないのは愚かというものだろうか。やっぱり話すことにしようと腹をくくったそのとき、ぼくの窮地の原因となった船長（もちろん本人はそうとは知らない）がこっちへ身を乗り出すと、聞こえるか聞こえないかくらいの小声で、きみはまだ子供でここでは余所者なんだぞと念を押し、喧嘩を売るような真似はするな、きみの立場を悪くするだけだと口早に釘を刺した。つづいて船長は職員たちのほうに向きなおり、若さと経験不足を考慮してやってくれと、もっと大きな断乎とした声で申し出てくれたけれど、稲妻そっくりの煌めきで談話室を切り裂く横柄な手の一振りと、「きみからの忠告は必要ない」の一言で黙らされた。その態度があまりにも無礼で、ぼくはたちまち船長が気の毒になった。自分の船に乗っているのにもうボスではないどころか、横暴で恥知らずの港湾局のやつらに服従するしかないなんて……。そんなあやふやな立場に同情していることを伝えたくて、ぼくは船長をじっと見つめた。船長がこんなふうに屈辱を強いられる姿を目にしていながら、自分ひとりが窮地から抜け出せるようなことばをどうして口にできようか。じつはぼくはあなたの助けなんかなくても問題なく〈ハイシティ〉に入れるんだよ、そういう誠意のないペテン師をあなたは助けたんだ、と明かして、こんないい人をこれ以上傷つけていいわけがない。

最初から隠し立てしないで伯父さんのことを正直に話しておけばよかったと、ぼくは暗い気持ちで悔やんだ。悔やみながらも、バカバカしくて無意味としか思えないたくさんの質問につぎからつぎへと答えていった。いわく、読み書きはできるか、精神病院に入れられたことはあるか、などなど。とにかく、今さら後悔しても始まらない。後悔などするだけ無駄だった。

この都市でどうやって生計を立てるつもりかと問われたとき、伯父さんの名前と肩書きを出さないでいるのはかなり難しかった。ぼくはこんなふうに答えて、なんとかごまかそうとした。「船長もおっしゃってたし、パスポートからもわかると思いますけど、たとえあなたにはそう見えなくても、ぼくはまだ子供です。だからまず学校を出ないと」

「なるほど、学校を出るためにここへ来た、と」大男は指輪をまばゆく煌めかせて手帳を引き寄せると、メモを取った。「で、むろんのこと、自由に使える資金はあるわけだね——充分に?」痛烈な皮肉を込めて最後の一言を口にしながら、大男は両隣の同僚に向けて意味ありげに目配せした。

適当な答えをなにも思いつかなくて、ぼくは黙りこくってすわっていた。たとえ一ダースのタイプライターがぼくの気を散らしてやるといわんばかりに鳴り響いていたとしても、今なら気にならなかっただろう。なのに談話室は墓地みたいにしんとして、ハエの羽音すらしなかった。聞こえるのは外で吹く風の音と、船殻をひたひた叩く波の音だけ。叫ぶ声ひとつ聞こえなかった。そういえば埠頭のようすはどうなっているのだろうと、どうでもいいことがふと頭をよぎった。大男の職員がふたたび口をひらいたときにはいっそほっとしたくらいだったのだけれど、その口から吐き出されたのは不吉な響きのことばだった。

「では、きみにはまったく資金がないと考えてかまわんのだね？」

大男を見ていると、故郷の家にいた年寄り雄猫が不運なネズミに飛びかかるタイミングを計っている姿がよみがえってきた。物欲しげな笑みを浮かべてこっちを見つめるあの顔つき——あれはまちがいなく、ついに狙いどおりのところにぼくを追いつめたとほくそえんでいる顔だった。ぼくがあいかわらずなにもいえないでいると、大男はしてやったりという顔のまま、ぼくを嫌っている職員のほうへあらためて意味ありげな笑みを含んだ視線を投げた。視線を受けた職員も、ぼくがやりこめられたのが嬉しいのか、満足げな目つきでそれに応じる。そのときだ。ぼくの真正面にいた痩せた職員がこちらへ身を乗り出すと、しゃべっているのが自分だと思われないように、口をほとんど動かさず唇の片端だけで腹話術師みたいに話しかけてきた。「もちろん、きみを支援してくれそうな人物の名前を挙げることができればなんの問題もありませんよ」

痩せた職員は前とまったくおなじように、煙草に火をつけようとうつむいた。マッチを両手で囲うようすは、外で風に吹かれているふうでもあり、今のことばと自分は無関係だといわんとするふうでもあった。「でも、この人は信頼できそうだ」ぼくは心のなかでつぶやいた。「ぼくにそんなに反感を持ってないのは、ここではこの人だけだ」

孤立無援の状態にあることがほんとうに骨身に沁みたのは、このときだ。船長でさえ、もはや励ますような視線をこっちへ向けることもなく、押し黙ったまま肩をすぼめ、おまえはもう終わりだといわんばかりに暗い顔でうつむいてブーツを見つめているだけだった。〈学生〉はあいかわらず一心にメモを取っていた。きっと自分の番になったときしくじらないように、ぼくの失敗を書き留めているにちがいない。高級船員たちはうんざりしたような、じれったいような顔をしていた。こんなことは自分たちには関係ないといわんばかりで、通常業務ができないことを忌々しく思っているみたいだった。どうしたものか、ひとり残らずよそよそしくて、ぼくと敵対していた。それにしても、ぼくはいつ、どこで、どんなヘマをした？　これまではずっとなにも考えなくても誰とでもうまくやれたのに、ここのみんなにこんなに悪い印象を与えるようなことになったのはどうしてだ？　知らないうちにヘマだかなんだかやらかして敵を作ってしまうなんて、なんだか怖かった。いや、それよりも、わけがわからなくて悲しかった。

そんなことをつらつら考えているあいだにも、大男はぼくの件に関係のあるいろいろな書類を集めはじめていて、ダイヤモンドの悪意に満ちた煌めきを絶えず振りまきながら、もう不要だといわんばかりに積み上げていった。最後に手にしたのがパスポートだった。ぼくはまたなんの気なしに受け取ろうとした。ところが、パスポートは太い手首の一閃でぼくの指先をかすめていって、大男の部下に手渡された。部下はそのためだけに待機していたのか、すばやくパスポートを受け取って親指と人差し指でつまみ上げると、死んだネズミでも捨てるように金属の籠に放りこんだ。

この許しがたい行為に、ぼくはショックを受けた。パスポートは神聖で、普遍的に尊重されるべきものであり、いかなる理由があってもこれを手放してはならないと教えこまれていたからだ。「返せよ！」ぼくはまたしてもカッとなり、跳び上がって叫んだ。「パスポートを取り上げる権利はない！」すぐに自分で取りかえさないかぎり二度とパスポートとお目にかかれなくなりそうだし、どっちみち状況はこれ以上悪くなりようがないと判断したぼくは、すかさずテーブルに突進して手をのばし、籠につかみかかろうとした。けれども——いうまでもなく——籠はすばやく手の届かないところへどかされてしまった。ふと気づくと、さっきぼくを押し留めようとした司厨長が、またしても飛びついてくるところだった。こんどは体勢を立てなおす暇はなかった。ぼくがテーブルに腹這いになっているのをいいことに、司厨長はぼくの両腕をつかんで背中にねじり上げ、がっちりと押さえこんだ。

限界だった。ここまで来たらもう船長に気を遣っている場合ではない。どっちみち、船長はぼくを見捨てたも同然なのだ。やっと踏ん切りがついた——どんな手を使ってでも自分の身は自分で守るしかない。なにがなんでも司厨長の憎しみに満ちた手から逃れてやる。「すぐその汚い手を放せ！」

ぼくは無我夢中で叫んだ。「ぼくの伯父さんは常任首席サイバネティックス顧問だ。まずいことになっても知らないよ」

ちらりと背後を見やると、司厨長はぼくの予想外の発言に面食らったような顔をしてから、パッと手を放した——純粋に驚いたのだろう。いっぽうぼくのほうも、自分が引き起こした周囲の反応に驚いて、司厨長にかまっているどころではなくなった。

今や室内の全員が、好奇心、驚愕、疑念、不審、さまざまな表情を浮かべてこっちを見つめていた。

「伯父さんが常任首席サイバネティックス顧問？　そういったのかね？」大男があらたまった口調で問いただした。

ぼくの「そうです」は小さすぎて、聞こえてほしくないみたいに響いた。ほんとうに、急におかしいくらい気持ちが沈んだ。身内のことをいわずにすませられたなら、そのほうがずっとよかった。このときははっきり意識していなかったけれど、ぼくが感じていたのは、なんというか、この都市で暮らすうちに暗い路地に入りこんでしまって、一瞬前には避けられたかもしれないのに、そこに入りこんでしまった以上は未来という霧に包まれた遠く朧げな終着点までたどっていくしかない——そんな予兆めいたものだったのかもしれない。「どんなまずいことになっても、伯父さんの話なんか出すんじゃなかった」とぼくは思った。「自力で切り抜けなきゃだめだったんだ」

「どうして今まで黙っていたのかね?」ぼくの脈絡のない思考は、大男の質問で断ち切られた。もっとも、答える必要はなかった。質問するやいなや、大男はひそひそ声の議論を再開して、大きな頭を休みなく右へ左へと動かしては、真剣そのものでありながら聞き取れないほどの声であとのふたりとしゃべりはじめたからだ。テーブルの両端では、下っ端職員たちがまんなかの大男たちのことばをなんとか聞きとろうと身を乗り出したり立ち上がったり、ちょっと思いがけないほどの騒ぎになっていた。緑のアイシェードをつけた職員などは、席を立って大男たちの真後ろに来ると、三人とも議論に夢中で自分の存在に気づいていないのをこれ幸いと、両手を広げて外側のふたつの椅子の背をつかんで体を支え、どんどん低く身をかがめていくうちに、事態の新たな展開を把握して仰天し、滑稽画みたいにぽかんと口をあける始末だった。

高級船員たちも今は興味をそそられて、それぞれにささやき交わしながら事の成り行きをじっと見守っている。船長は元気を取りもどしたようだ。ほっとしたぼくはなんとか船長の視線を捉えると、真剣な顔でじっと見つめて、あとでちゃんと説明しますと口で伝える代わりに、ひとつうなずいてみせた。三等航海士も、ドアの脇の持ち場を離れることはできないまでも、なにが起きているのか見過ごすまいと首をのばしている。

騒ぎのただなかで、ぼくは変にぽつんと爪弾きにされた気分を味わっていたが、司厨長の手荒な扱いで乱れた服の皺をのばしていると、誰かに腕をさわられた。部屋の隅から出てきた〈学生〉が、ぼくの注意を引こうとしていた。「きみの伯父上はほんとうに常任首席サイバネティックス顧問なのかい？」と小声で問われて、ぼくは素っ気なく答えた。「もちろんだよ。下の埠頭にいるのを見たし——たぶんね」

「だったら、ちょっとお願いがあるんだが」と〈学生〉はつづけた。やっと聞こえるかどうかという低い声だった。「ぼくに口添えしてくれるよう頼んでもらえないかな……伯父上にとってはたいしたことじゃないだろうが、ぼくにとっては大ちがいなんだよ……ここでは万事がそう甘くはないと、きみも身を以て感じているはずだ……ほら、最初のうちはきみでさえずいぶん大変な目にあっていたじゃないか……ぼくの場合はもっと大変だ、有力な後ろ盾もないから……」

いろいろびっくりするようなことばかりが起きるけれど、これはなにより思いがけなかった。あの〈学生〉が現に今ぼくの助けを求めているなんて、ちょっと信じがたい気がした。とはいえ、これまでずいぶんバカにされたことを思うと、喜んで力を貸そうという気にはなれず、ぼくはこう答えた。「会ったことも聞いたこともない人のために伯父さんがなにかしてくれるとは思えないけどな」ところが、〈学生〉がひどくがっかりしてうつむいてしまったので、そのまま放っておくのも忍びなくて、しかたなくつけくわえた。「でも、頼んでみてもいいよ、そんなに大事なことなら」

「恩に着るよ！　そうとも、きみは頼りになると思っていた！」いかにも感激したふうな口調ではあったけれど、なにかずいぶん大げさでわざとらしく響いた。だいたいぼくが困っていたときはずっと知らん顔をしていたくせに、ぼくの立場が保証されたと思ったとたんに駆け寄ってきて頼み事をするなんて、図々しいにもほどがあるんじゃないか？

「だけどさ、ぼくがこの場をうまく乗り切れるかどうか、なんでそうはっきりいいきれる？」癪に障っていいかえしたけれど、〈学生〉はそんなことは考えるまでもないという顔でぼくの反論を一蹴すると、そばをすり抜けてすたすたとテーブルに近づいていって、港湾局の三人の前に立った。三人はひそひそ話を中断して、驚いて〈学生〉を見やった。もっとも、その直後のぼくの驚きに比べれば、三人の驚きなどささやかなものだといっていいだろう。〈学生〉がなにをする気なのかまったく予想していなかったぼくは、彼の高らかな声を聞いて肝をつぶした。

「皆さん！　ご存じないようですが、常任首席サイバネティックス顧問は今この埠頭に来ておられます。きっと甥御さんが遅いのを案じておられるにちがいない」

「ちょっと待って！」ぼくは叫ぶようにいいながら、これ以上なにかいったらこの手で口をふさいでやるつもりで前に飛び出すと、憤然と抗議した（この場に〈学生〉とふたりきりだったとしても、きっとそうしていただろう）。「よけいなことといわないでよ！　あんたには関係ない。大きなお世話だ！」もっといろいろいってやりたかった。けれど今は、目を白黒させている港湾局の連中に、甲板から伯父さんを見たかどうかはっきりしないのだと説明するのが先だった。誰かがぼくに手を振ったように思いました、でもそのあとその人はまたいなくなってしまったんです、たぶんぼくの見まちがいで、ぜんぶ勘ちがいかもしれなくて……。少し落ち着いて考えていれば、これがどんなに説得力のないまずい説明か気づいたはずだ。けれどもぼくは、まくしたてながらも上の空だった。〈学生〉の行為が恥ずかしくて、悔しくてたまらなかった。ぼくがまくしたてているあいだに、〈学生〉はドアのそばの安全地帯に戦略的撤退を終えていたので、とりあえずそっちをにらみつけてやった――よけいな口出しをされたせいで、かえって話がややこしくなってしまった。

　当然のことながら港湾局の大男はこの機を逃さず反撃を開始したのだけれど、唇の両端がみごとなまでに下のほうへひん曲がり、敵意に満ちた疑わしげな顔に円の上半分が埋まっているみたいなありさまになった。「最初は、いた。と思えば、いない」大男はせせら笑った。「最初は、埠頭に来ている。と思えば、はっきりしない。まあ、おそらくきみの勘ちがいだろう。それで、伯父さんが常任首席サイバネティックス顧問というのは確かなのかね？　ああ、それも勘ちがいかもしれんな。なにか証明できるものは？」大男は腕組みして椅子を後ろに傾けると、ぼくの限界点を計っているみたいに、椅子の後ろの脚二本でバランスをとった。

「簡単に確かめられるようなことで嘘をつくほどバカじゃありません」ぼくはいいかえした。自信満々で侮蔑に満ちた態度をとろうとしたものの、実際は不安でたまらなかった。そんなことどうすれば証明できる？　もちろん伯父さんの手紙は持っている。とはいえ名前が書いてあるだけで、ＰＣＣ（というのはぼくが勝手に考えた肩書きの略称なのだけれど）だということはおろか、サイバネティックス関係者だとわかるようなことは一言も書かれていないのだ。ぼくはさほど世間慣れしているわけではなかったし、懐疑的な空気にさらされた経験もほとんどなかった。おまけに、伯父さんの身分を証明するものもなにも持っていなかった。「こっちでは、ほんとうのことをいっていると証明されるまでは嘘をついていると思われるんですか？」もう二度と間抜けに見られまいとして、ぼくは質問した。じつは情報が欲しかったというのもある。けれども大男は、その表情から判断するかぎり、ぼくの質問を小賢しいとしか感じなかったようだ。ちょうどそのとき邪魔が入ったのは、ぼくにとっては幸運だったとしかいいようがない。

ドアの外の通路から足音と人声が聞こえてきた。誰かが談話室に入ろうとするのを、別の誰かが入らせまいとしているのか、揉み合うような気配がつづいた。それから、長々と響く力強いノックの音。「誰だね？」船長が立ち上がりながら、風音と波音をものともしない貫禄のある声で誰何して、混乱しかけた場の主導権を当然のように手中におさめた。

「常任首席サイバネティックス顧問だ」と返事が響いた。聞くだに高圧的で苛立たしげではあるけれど、威厳に満ちた声——権力に慣れ、他人が即座に従うことに慣れた鷹揚な男の、自信にあふれた声だった。

三等航海士はドアの掛け金に手をかけたまま、最初は船長、それから、一時的に船長の立場を奪った港湾局の大男へと、どっちの命令に従うべきか迷っているかのように、心許なげに視線を移した。それから、大男の「さっさと常任首席サイバネティックス顧問をお通ししろ！」を誰も取り消さなかったので、ドアをあけた。全員の目が（もちろんぼくの目も）そっちに釘付けになった。

若い高級船員のひとりを押しのけて（押しのけられた船員は逸速(いちはや)く逃げだして通路の先に姿を消した）、長身でりゅうとした出で立ちの男が颯爽と入ってくると、口をひらいてもいないのに、一瞬にして談話室の空気を制してしまった。

「埠頭にいた人だ。まちがいない」ぼくは心のなかでつぶやいた。とはいえ、この人がほんとうにぼくの伯父さんなのかということになると、どうもちがうような気もした。なにしろ若すぎるのだ——確か母さんの長兄のはずなのに、母さんや父さんより若く見えた。

ともあれ、新来の人物はすでにこういっているところだった。「してみると、きみがわたしの新しい甥っ子か——すばらしい！」彼はつかつかとまっすぐぼくに近づいてくると、ほかの人たちには目もくれず、温かくぼくの手を握って肩をぽんとひとつ叩いた（いかにも親しげな抱擁を避けたのは、ぼくの気持ちを思いやってのことだろう）。それから、ぼくに口をひらく暇も与えずにくるりと向こうを向くと、歓迎するように進み出ていた船長と握手を交わした。ふたりは顔見知りらしい。

つぎは港湾局の番だった。常任首席サイバネティックス顧問の登場に職員たちは見るからに慌てふためいていたのだけれど、伯父さんはテーブルに歩み寄って「やあ、ごきげんよう」とにこやかに声をかけ、山積みの書類にもいっさいおかまいなしにそこへ無造作に帽子を放り出し、テーブルの前に立ったまま太い葉巻を口にくわえると、金のライターをカチリと鳴らして火をつけた。

伯父さんはほんとうに背が高くて、堂々とした人だった。広い肩。知的な鋭い顔。豊かに波打つ髪はパウダーで軽く染めてあるらしい。これまでちっとも狭いとは思わなかった船の談話室が、この存在感のある人物がいるだけで、ちょっと狭すぎるくらいに感じられた。やっとじっくり伯父さんの姿を眺めることができて、この人は若いというより年齢を超越した印象を与えるのだと気づいた。なんだか昔からずっと、そしてこの先もずっと、今とまったく変わらず、心身ともに絶頂期のままなのではなかろうかというふうに見えた。そのときふとこんな考えが頭をよぎった（そして、こんなときにわれながらおかしなことを考えるものだと思った）のを、今でも覚えている——伯父さんは埠頭で見かけた病人っぽい作業員たちとはなにからなにまで正反対だ……しかも、傲慢な港湾局の職員たちとも次元のちがう高等種族みたいだ——あいつらがみんな圧倒されたのも無理はない……。

伯父さんと比べるとがさつで野暮ったく見えるボスの大男は、今のところ誰にもなにも非難されていないのに、意味不明の取り留めのない弁明をくどくどまくしたてはじめた。伯父さんは葉巻に火がつくとすぐにそれをさえぎって、きびきびと快活な口調で質問した。

「さて、ここでいったいなにが起きているのかな？　甥とは陸で会うつもりでいたんだが——大事な電話をかけないといけなくなってね。それがなければとっくに船まで迎えにきていた」

しゃべりながら伯父さんは、折りを見てすばやく顔だけこちらへ向けると、思いがけないことに、とびきり気さくなほほえみとウィンクを送ってよこした。ぼくらふたりのあいだには密かに通じあうものがすでにあるといわんばかりだった。これですっかり嬉しくなって気も楽になったぼくは、たちまち伯父さんが大好きになったばかりか、心の片隅にしつこく残っていたわずかな不安もどこかへ消し飛んでしまった。今の笑顔の魔法のおかげで元気も出て、小さくなっている大男を見物して楽しむ余裕さえ出てきた。大男は見るからに不安そうな顔で大汗をかきながら、こうした手続きには時間がかかりましてなどと、しどろもどろに弁解している最中だった。さっきまでと打って変わって弱者に対する傲慢さを失ったそのようすは、傑作としかいいようがなかった。今の大男ときたらしぼんだ風船も同然、部下たちはみんなその場でひれ伏さんばかりに見えた。

「手続き！」伯父さんはこれ以上ないほどの侮蔑を込めて、そのことばをくりかえした。「きみの手続きとやらは、わたしの甥にはさせるまでもないと思うが？」

伯父さんの口調に、ぼくは戸惑いを覚えた。それに、さっきまで質問攻めにされていたことを思うと、テーブルについている職員たちが急にみんなおとなしくなって、そんな話を持ち出したりしてバカでしたという顔で、甥御さんに手続きなど滅相もないと卑屈なまでに勢いこんでいいつのり、そんな本末転倒なことを考えるなど滑稽きわまりないといわんばかりに不自然な作り笑いに顔を歪めるのも、わけがわからなかった。役人風を吹かせ、ぼくの運命を計り知れない力で支配していた傲慢な連中が、突然おべっか使いの道化の一団に変わって、こちらの機嫌を取るつもりか急に愛想のいい顔つきになったのを見せられて、自分の目が信じられないほどだった。しかも、この驚くべき変化を引き起こした当人はといえば、怒るでも傲るでもなく、職員たちの異様なふるまいをおもしろがっている風情で、柔和といってもいいような笑顔を向けているのだ。

伯父さんは笑顔のまま冗談でも飛ばすように、「せっかくだから、ちょっと〈管理委員会〉に電話するとしようか。この話を聞いたら興味を持ちそうだ」とつづけ、電話のほうに手をのばした。

謎めいた〈管理委員会〉とやらにそういう話が伝わるのはよっぽど恐ろしいことだと見えて、大男は大慌てで自分のほうに電話を引き寄せると、受話器をしっかり抑えつけたまま、抗議と哀願と保証るようにことばをつぎからつぎへと繰り出した。どうやら大男は責任を感じていて、どういう処分が下されるかと怯えているらしかった。「ありうべからざる」なにかのまちがいに対して気の毒なほど恐縮する姿に、ぼくはこの卑しむべき人物が少しかわいそうになってきた。ところがそのうち、「われわれのちょっとした誤解はこちらのお若い方もきっと水に流してくださるかと……」などといかにも媚びるような調子でいいだすものだから、その厚かましさにぼくはふたたび反感をいだくことになった。

勝ち誇ってほくそ笑んでいたこの男の顔があらためて脳裏によみがえり、おもねるように不誠実な言い訳に愛想もなにも尽き果てたぼくは、今の発言には答えずに、素っ気なく「ぼくのパスポートはどうなってるんですか？」とだけ訊いた。無下な扱いを受けたことをそれとなく伯父さんに伝えるつもりだった。けれど、パスポートはすでに誰かの手で例の不届き千万な籠から回収されていて、がさつな毛深い手（小指につけたダイヤモンドの輝きも今やずいぶん褪せて見えた）にのせられて魔法のようにテーブルの向こうからあらわれた。

「わたしが預かっておこうか？」大切な書類にぼくが手をのばそうとすると同時に、声が聞こえた。そんなわけで、けっきょくパスポートはぼく自身の手にもどることはなかった——その代わり、いつのまにか伯父さんの白くて形のいい手に、それからポケットのなかへと移動していた。

いくらぼくでもこれにはがっかりした。もちろん伯父さんがそんなふうにしたのは、目的地に到着して舞い上がったぼくがパスポートを落とすか置き忘れるかしてはいけないと、善意からのことなのだろう。そもそも港湾局に没収されたのはぼくの落度だとさえ思っているかもしれない――そう思われたままなのはぜったいにいやなので、なにがあったか正確に説明しておきかった。自分の持ち物さえまともに管理できないような子供に見られては堪らない。だいたい故郷を離れてからずっと、船旅のあいだもパスポートをきちんと保管して、なくしたりしなかったじゃないか?

けれども先に口をひらいたのは伯父さんだった。「行こうか」と、長年の友達みたいな対等な調子で声をかけられ、魔法のように人好きのする笑顔を向けられると、ぼくはあらためて伯父さんに魅了されてしまい、戸口へと導くようにそっと肩にかかった手の重みを感じながら、なにもかも忘れていそいそと隣を歩きだした。この人の後見のもとで、全世界に名をとどろかす伝説的なこの奇跡の空中都市の市民になるのだ――それを自覚すると、逸(はや)る期待にいやでも胸が膨らんで、ぼくは幸せな夢のなかにいるみたいに足を動かしつづけた。

自分の視線の先に〈学生〉の顔があるのに気づいたとたん、現実に引きもどされた。立ち去るぼくらを見送るがっかりした表情から判断するに、ぼくからの口添えの望みを〈学生〉は早くも諦めてしまったらしかった。自分があまりにも幸せだったからか、うかつにも忘れていたことが恥ずかしかったからか、今のぼくは〈学生〉に対して怒りどころか好意と同情を感じていた。さっきこの人がよけいな口出しをしたのも、わざとぼくを困らせようとしたからじゃない、その逆で、ぼくが気弱すぎるか暢気すぎるせいで自己主張できないと思って助け船を出そうとしたんだと、そんな気がしてきた。

連れを足止めしようと、ぼくは立ち止まった。もっとも伯父さんのほうも、反対側から近づいてきた船長とことばを交わそうと、ちょうど歩みを止めたところだった。けれどもぼくは、自分がもうちょっとで見捨てるところだった〈学生〉の頼みごとの件だけで頭がいっぱいで、船長のことは考えもしないで伯父さんにそっと声をかけると、事情を説明してなんとかしてくださいと持ちかけた。

ところが、どうしてだかぼくは伯父さんの注意を引くことができないようだった。ただ、伯父さんが小腰をかがめて首をこっちへ曲げているということは、ぼくの声がよく聞こえなかったのかもしれない。聞こえなくても不思議はなかった。独り言も同然のつぶやきだったし、おまけに緊急事態で焦っていて、うまくことばにならなかったからだ。もっと大きな声で話しかけるべきだったと思ったそのとき、船長が（ぼくの話の腰を折ったとは思いもせずに）なにか質問した。もちろん返事はしなくてはならない。その後は葉巻が取り出された。葉巻に火をつける作業が終わるころには、伯父さんはぼくの話の内容を忘れていたので、もう一度初めから頼むしかなかった。

ぼくから伯父さんの手を振りほどくのは、もってのほかという気がした。〈学生〉のほうがもっとこっちへ来てくれれば助けようとしていることを伝えられるのに、向こうはまだぼくが恨んでいると思いこんでいるらしく、少し距離を保ったまま、ときどき暗い非難がましい視線を送ってくるだけだった。意思の疎通をはかる方法が思い浮かばなかったので、この必死の思いに気づいてくれ、正しい結論にたどりついてくれと、ぼくはひたすら祈るしかなかった。けれど、思いがまだ伝わらないうちに〈学生〉がテーブルに呼ばれるのが聞こえて、ぼくは振り向き、途中でことばを呑みこんだ。

このとき港湾局の面々がどんなようすに見えると思っていたのか、自分でもいまだによくわからない。連中はみんなそろって、ぼくが最初にこの部屋に足を踏み入れてぎょっとしたあのときと寸分違わぬようすで席についていた。卑屈な道化の一団に見えたことこそが奇怪な想像の産物だった、今はそうとしか考えられなかった。冷たく厳めしく無表情な顔を眺めわたすと、見るからに残酷だったり堕落していたりサディスティックだったりする顔があるいっぽうで、どの顔も一様に独善的で情がなくて、これが別の表情を見せることはありえないように思えた。いやちがう、あの変化が想像の産物だなんて、そっちのほうがありえない。ひどく奇妙な感覚が湧いてきた——今この瞬間のこのぼくは目覚めているのか、それとも眠っているのか……。自分がテーブルの一団から切り離されているような、目に見えない仕切りがあって今は伯父さんとぼくのいるここだけが部屋のほかの部分から隔離されているような、そんな気がした。伯父さんのそば以上に安全な場所がどこにある？　なのにぼくは、得体の知れないかすかな恐怖に押し包まれていた。

ぼくの人生はこれまでは単純で、安全で、なんの変哲もなくて、家庭という枠組みの内側でしっかり守られていた。ぼくの歩む現実は平坦で見晴らしのいいものだった。それが今になっていきなり、不安になるほど足元の地面が傾いたように思えた。なにもかもが疑わしく覚束なく見えた。現実が突如としてのっぺらぼうの顔をあらわにして、いくつもの異なる仮面をつけようとしていた。起きているのか夢見ているのかわからないような、誰を信じていいのかわからないような奇妙な感覚は、伯父さんの葉巻のゆらゆらと渦巻き立ちのぼる煙のせいだったかもしれない。伯父さんの優しさも港湾局の傍若無人さも煙に巻かれ曖昧模糊と溶けあって、どちらがどちらか区別がつかず、いつあべこべになってもおかしくなさそうだった。その曖昧模糊とした揺らぐ世界から抜け出すこと、そして自分がもといた揺がらぬ世界へとまたもどること、それだけをぼくは願った。

船長との会話はつづいていたけれど、ぼくの肩に手をのせたままだった伯父さんは、こちらのそんな不安な気持ちを察したのか、会話をつづけながらぼくの肩に腕をまわして、守るように宥めるように抱き寄せた。ふだんなら、もう大人なんだからそんな子供扱いはしないでほしいと思っただろうけれど、ぼくはありがたくされるがままになっていた。おかげでやっと安心できたし、すぐに気分もましになった。

そういえばさっきまで〈学生〉の危うい立場のことを心配していたんだっけと、今さらのように思い出した。あの非道な役人たちは〈学生〉を相手に、自分たちが肩身の狭い思いをした腹いせをするつもりにちがいない。いったいどんなことになっているかとテーブルのほうを覗いてみようとしたけれど、船長の体が大きな岩のように視界を塞いでいた。

もうあんまり時間がないぞと、急に焦りが募った。こんどこそきっと伯父さんから港湾局に話を通してもらわなくては……。焦燥感にせっつかれるように、ぼくは伯父さんの注意を引こうと袖を引っぱり、どうか聞いてと船長との会話に割りこんだ。

ところが、運が悪かった。船の鐘が、これまでも定期的に鳴っては時間の経過を告げていたのだけれど、ちょうどまた鳴りだしたのだ。つかの間の沈黙のなか鐘の音は、あいだにあるドアと隔壁で和らげられながらも、妙に威圧的に、居丈高に響きわたった。伯父さんは鐘の音に気を取られ、ぼくには見向きもせずに（それも不思議はない）、船長にこう声をかけた。

「もう失礼するよ——ずいぶん時間を取らせてしまってすまなかった」そうして、旅のあいだ甥が世話になったねと礼をいいながら、せわしなく船長と握手を交わすと、「来たまえ」とぼくに向かって声をかけ、またしてもドアのほうへ押しやろうとした。伯父さんにぼくの話を一言でも聞いてもらうのはいよいよ難しくなった。「あとで、あとで」と、伯父さんは朗らかにくりかえした。「車のなかで聞こうじゃないか」

「でも、それじゃ間に合わないんだ！」ぼくは必死になって叫んだ。気づくと部屋から押し出されそうになっていて、わかってもらえるまで断乎部屋を出るものかと思い決め、〈学生〉のために口添えしてよと懇願しながら、伯父さんを押しもどそうと体当たりした。それでもまだわかってもらえないことがはっきりして、ぼくは心の底から絶望した――伯父さんが頭の上で笑いながらこういっている声が聞こえたのだ。

「おや船長、ここにずいぶんと義理堅い新米船員がいるぞ！ 船をおりるのをいやがっているから、いっそのことキャビンボーイとして雇ってはどうかな」

ところが船長は、行きたくないとぼくがごねるのを伯父さんに失礼だと思ったようで、頭を冷やせときつい調子でぼくをたしなめた――こちらの真意を知らなければ、確かに愚かで不快なふるまいに見えたにちがいない。「自分がどんなに幸運かわからんのか？」船長は一歩こちらに近寄ると、そう諭した。もっとも、ぼくはもう聞いていなかった。というのも、〈学生〉が今はテーブルの前のあの椅子にうなだれて腰をおろし、首だけねじって恨みがましくこっちを向いて暗い苦しげな目線を送ってきたからだ。

〈学生〉だけが理由ではないと思うけれど、ぼくは急に涙をこらえきれなくなった。船長はこれにすっかり驚いて、あきれ顔で声を高めた。「なんだなんだ！ きみのように大きな子が泣くなんて」

涙は有力な身内の顔に泥を塗ると決めてかかっているのだ。もっとも、当の伯父さんは寛大だった。「興奮しているのだろう」ハンカチーフを見つけられないでいるぼくの手の平に、伯父さんはそっと自分のを押しこんだ。その察しのよさに、ぼくはまたしても感謝した。

ぼくの子供じみたふるまいについて多少は受け入れやすい説明を与えてもらって、船長のほうもだいぶほっとした顔になった。「そう、この子には少々刺激が強すぎた、そういうことですな」その理由に自分で気づいたといわんばかりにありがたそうにいい添えて、励ますようにぼくの背中をぽんと叩く。確かにぼくは、さよならもいえないほど動揺していた。

ぼんやりしているあいだに、ぼくの頭越しに意味ありげな視線が交わされ、船長が敬礼し、かたや伯父さんはぼくのぶんも「ごきげんよう、さようなら!」といいながら、いっぽうの手でふわりと帽子を振り、もういっぽうの手でぼくをくるりと方向転換させると、三等航海士があけたドアの外へと押し出した。〝これでおしまい〟という音をたてて背後でドアが閉ざされ、ぼくは伯父さんとふたりきり、ひと気のない静まりかえった通路へと締め出された。旅のあいだ船が波にもてあそばれるたびに、狭くて揺らぐこの通路を手摺りを頼りにそろそろと歩いたものだけれど、これがあれと同じ通路だとはもう思えなかった。今や、陸にあるホテルかなにかの、無機質な揺らがぬ通路と同じだった。ぼくは耳を澄ましたが、ぴったり閉ざされた分厚い談話室のドアの向こうからはなんの音もしなかった。すべてはぼくの想像の産物だったんだ、〈学生〉も港湾局の役人もいないし、書類で覆われたテーブルもなかったんだ――急にそんな気分に襲われた。そのとたん、なんだかよくわからないうちにぼくは声をあげて泣きだしていた。

連れはなにもいわなかったけれど、ふたたびぼくの肩に腕をまわして導いていった。そんな格好のまま、ぼくの耳障りな泣き声だけが響く静寂のなか、ふたりでいっしょに甲板に上がり、タラップをおりた。ぼくを抱き寄せる力強い腕、その腕にぼくはおとなしく身を預け、自分ではなにも見なかった。支えてもらわなければきっとつまずいて転んでいただろう。腕はぼくを導くというよりは抱え上げるようにして、船上でかならず出くわすさまざまな障害物を避(よ)けさせ、越えさせ、急傾斜のタラップをおろしてくれた。なんだか、すさまじい風になすすべもなく掬(すく)い上げられ、記憶も思考も意志の力も吹き飛ばされたあげく、攫われていくような気分だった。この強大な風に完全に身を委ね、自分という存在の所有権を引き渡して自分に対する責任から解放されるのは、ちっとも不快なことではなかった。

とはいえ、何日も海で過ごしたあとで固い地面を歩く感覚はあまりにも強烈で、ぼくは徐々におのれを取りもどして、ゆっくりあたりを見まわした。あの倉庫の巻き上げた扉のすぐ近くに、ぼくたちはいた。船の甲板から見えた人たちがあのときのまま辛抱強く待っていた。目に見えない壁でもあって、前へ進めないでいるみたいだった。涙でぼやけた目ではひとりひとりの顔は判別できなかったのだけれど、その謙虚な態度にぼくは驚いた。というのも、伯父さんといっしょに歩いていくと、もともとスペースは充分あるのに、通り道をあけようといわんばかりに、いちばん近くの人たちが後ろに下がったばかりか、みんな目を背けたり顔を隠したりして、そのくせ、通り過ぎたぼくたちを崇めるようにじっと見送るのだ。この人たちについていろいろ質問したいと思った。ただ、ぼくはまだ完全に自分をコントロールできる状態ではなかった。おまけに伯父さんは見るからに急いでいて、ぼくを引きずらんばかりの勢いで進んでいくものだから、嗚咽がやんだあと息を整える暇もないくらいだった。あいかわらず肩には伯父さんの腕がまわされていた。ぼくを急き立てたいのか、もしかしたらぼくがまた子供みたいに泣きだすと思っていたのかもしれない。どっちにしろ、ぼくとしてはそのぬくもりだけでもありがたかった。おかしな話だけれど、船の上よりここのほうが寒いような気がした。

やがて、気温が下がった理由がわかった。もう日が射していないのだ。というより、ここは太陽が照っていなかった。ところが港のほうでは、ほんの数ヤードしか離れていないのに、細波に陽光が煌めいていた。最初ぼくは、巨大なビル群の影に入ったせいだと思った。けれど、見上げて気づいた。ここは船上から見た例の筏に似た奇妙な雲――都市の基部全体を覆う灰色の屋根そっくりな雲の縁（へり）の下なのだ。雲はいやに寒々しくて、陰鬱な感じがした。ぼくたちがいる外縁（そとべり）の、海からの強風が吹きつけているところでさえ、やっぱりじめつく重苦しさみたいなものを撒き散らしているように思えた。こんなものの下に住むのはぜったいにいやだ――甲板からちらりと見えたクレバスそっくりの通りとトンネル網の記憶が悪夢のようによみがえり、またしてもじわりと不安が忍び寄ってきた。

都市の紋章をいただき、入口の上に**税関**の文字が刻まれた厳めしい建物のなかに入ると、心の底からほっとした。ぼくの気持ちもあたりの空気もたちまちすっきり軽くなった。なんだか新たな来訪者のためにここの空気から重苦しさが取り除かれたみたいだった――海路の旅行者がこう少ないとあっては、外の埠頭での空気の浄化作業的なものがいつしか行なわれなくなったとしても、さほど不思議ではなかった。

税関庁舎内は港全体と同じようにがらんとしていて、飾り気のない長いカウンターに置かれたぼくの二個のスーツケースはちっぽけで、置き忘れられたみたいに見えた。カウンターの脇には制服姿の役人がぽつんと立っていた。ぼくもそれなりに海外旅行の経験はあったから、ほかの人の荷物がないぶん、きっと特に念入りな検査があるのだろうと思った。ところが驚いたことに、職員は申告するものがあるかどうか尋ねもしないで一礼するや、両方のスーツケースにチョークで印をつけて両手に一個ずつ持つと、すでに伯父さんがぼくを連れて向かっていた庁舎の奥の大扉まで、慎ましく後ろからついてきた。

「伯父さんってすごく偉いんだ」と、隣にいる長身の人物を見上げながらぼくは思ったけれど、それを喜んでいいのかいけないのか、よくわからなかった。

今の伯父さんはなんと厳格でよそよそしいんだろう——船ではあんなににこやかで誰にでも親切に見えたのに、あの魅力と快活さはどこへ行ってしまったんだろう？　そういえば伯父さんは上陸してからというもの一言も口をきいていないと、不意に気づいた。この沈黙はなにかに気を取られてじりじりしているせいだろうとは思ったものの、なんとはなしに不安を掻き立てられた。とはいえ、伯父さんが怒っているのなら、ずっとぼくの肩を抱いているのも変ではないか？　それともこれは、またぼくに恥をかかされる（たとえば船長のところへ駆けもどるとか）のを防ごうと伯父さんなりに用心しているだけのことなのか。

そんなことはするものかと思いながらも、ぼくはふと肩越しにふりかえってみた。たった今通った扉がもう閉ざされていくところで、何千海里という距離を海を越えて律儀にぼくを送り届けてくれたパッとしない、なんともくたびれた風情の汽船の姿が、見えなくなろうとしていた。あの船ともこれで永遠にお別れだと思うと、急に寂しいような、切ないような気持ちが込み上げてきた。ともあれ、ぼくはきっぱりその感情を振り払うと、世に名だたる驚異の都市の文字どおり戸口に立っていながら古ぼけた貨物船にこだわるなんてバカバカしいぞと、自分にいい聞かせた。

繊細な模様が美しく刻まれた奥の大扉は、床から高い天井まで見上げんばかりにそびえ立っていた。税関職員はその片方に穿たれた小さなドアをあけてぼくのスーツケースを外に置くと、見えない誰かに合図を送ってから、ぼくのほうに向きなおった。「さあどうぞ」と、厳粛な面持ちで職員はいった。「生涯忘れえぬ体験を楽しまれますよう。幸運をお祈り申し上げます」

堅苦しい挨拶にぼくはちょっと狼狽えたけれど、ほどなく、これは返事を求められているわけではなくて、連れの伯父さんへの敬意を示す社交辞令のようなものらしいと気づいた。もっとも、そんなことはすぐに忘れてしまった。さっきの合図に応えてすべるように静かに大扉に近づいてきた巨大な自動車に、ぼくはすっかり目を奪われていた。こんなすごい乗り物は見たことがなかった。オニキスみたいに黒光りする細長い筒状の車体は流線形で、ほっそりしたノーズから突き出すぴかぴかしたコイル状の金属は、なんだかマシンが破裂してなかの部品が飛び出たふうでもあった。じっくり観察する間もなく、運転手が後部ドアをあけて、伯父さんは一秒も無駄にできないといわんばかりに、ぼくをなかへと押しこんだ。

周囲を眺める暇もなかったから、あの奇妙な雲の天井については、見たというより存在を感じたというべきだろう。その重苦しさは、水際から離れていて風があまり強くないここのほうがもっと強烈だった。自動車のウィンドウはすべてブラインドが半分くらいまでおろされていて、いったん乗ってしまうと景色はほとんどなにも見えなくなった。ただし、運転手がぼくたちに膝掛けをかけてくれているあいだに外を覗いて、車のそばが急に騒がしくなった原因を確かめるチャンスができた。

がらんとした通り（税関職員の姿はもうなかった）にどこからともなく小さな男の子たちが何人もあらわれて、みんなでぼくのスーツケースを奪いあい、ばらばらに壊しかねない勢いで激しく争っていた。自分と同じ年頃の都市の住人を見かけるのは初めてだったから、ぼくは興味津々で観察した。全員が同じものを着ていた。こざっぱりした実用的な朽葉色の服で、役所かなにかの制服を思わせる。なによりも驚いた――というより、ゾッとしたのは、誰も彼もが痩せ衰えていたことだ（ひとり残らず消耗性の病気かなにかの末期なのかもしれない）。そのくせ残忍なまでに遠慮会釈なくめちゃくちゃに殴りあうものだから、棒切れみたいな腕や脚がぽっきり折れそうでハラハラした。あんな連中に喧嘩をするだけの体力があるのが不思議だった。あれではみんなただですむはずがない――いうまでもなく、ぼくの荷物もだ。このままだとスーツケースの蓋があいて、中身が通りにばらまかれるのが落ちだった。なんで誰も止めに入らない？　伯父さんも運転手もこの争いに知らん顔をしているところを見ると、きっと見かけほど荒っぽい連中ではないのだろう。その考えを裏づけるように、運転手が車をまわって近づくと男の子たちはすぐ争いをやめて、みんなでスーツケースを運んできて運転手に手渡した。そのあとは少し離れたところにそそくさと退いて、窓もドアもない壁に溶けこもうとするかのようにぴったりと貼りついた。そのくせ、スーツケースが積みこまれるあいだも、そろって期待に満ちた表情を浮かべてずっとこっちを見つめている。萎びた青白い顔、顔、顔――それはぼくと同年代の男の子というより、おとぎ話の小人か小柄な老人のものだった。

伯父さんと運転手はすばやく視線を交わすと、運転手がポケットから小銭をひとつかみ取り出して、男の子たちの一団のほうへ無造作に放り投げた。小銭がばらばらとひと気のない通りに散らばった。時を置かずに、自動車はミサイルの勢いで前へ飛び出した。ブラインドの下から覗いてみると、男の子たちが小銭を奪いあってつかみあいの喧嘩をしているのが、かろうじて見て取れた。ほかの連中より小柄なひとりが、一枚も小銭を手に入れられなかったようで、顔じゅう涙まみれにしながら相手かまわず拳固の雨を降らせていた。かわいそうだった。あの子はどうやっても分け前を手に入れられないだろう。一瞬、引き返して小銭を公平に分けてやりたくなった。

同じようにひ弱なようす（それとたぶん、同じように一目でわかる寒々しい朽葉色の制服）のせいだろうけれど、男の子たちの姿を見ていると、前に港の作業員たちを見かけたときと似た、奇妙にざわつく気分が掻き立てられた。かわいそうだと思ったのはもちろん（確かに、どこか自分自身と重なるものを感じてしまった）、それ以上に、なぜだか悪夢を見たときみたいに、怖いような、不安で居ても立ってもいられないような、そんな気分になった。

すでに男の子たちは遙か後ろに遠ざかり、ぼくたちは別の通りに入って、危険に思えるほどの恐ろしいスピードで突っ走っていた。うっかり道を横切る人でもいたら、とうてい避けられそうにないスピードだった。ぼくは恐るおそる伯父さんを見やった。けれども伯父さんはアームレストに寄りかかったまま、やっぱりなにも説明してくれなかったし、なんとなく不機嫌そうに沈黙を守りつづけていた。顔はコートの襟で影になって、表情が読み取れない。ぼくがここにいることなどすっかり忘れているようにも見えた。不安に押しつぶされそうだったぼくは、伯父さんの態度の変化に狼狽えた。こっちを向いてほしかった。かといって沈黙を破る勇気も出ず、しかたなく外に意識を向けようとした。けれどスピードと半分おろされたブラインドのせいで、景色もろくに見えなかった。

そのあいだにも運転手は猛スピードで車を飛ばしつづけた。緊張が高まっていく。なんだか逃走中の気分だった。迫りくる危険を前に、通りの住人はみんなとっくに逃げてしまって、ぼくたちも怖くて必死で逃げているんじゃなかろうか……。もっとも一度だけ、広場に人がおおぜいぎっしり集まって、全員が寸分違わず同じ動きをくりかえすのが見えた気がした。見えたのはほんの一瞬のことだったから、きっと目の錯覚だろう。なにしろ、両側の建物が途切れることなく延々とつづく特徴のない一枚の白壁に変わるほどのスピードなのだ。これではトンネルのなかにいるのとたいして変わらない。そう、ぼくたちを追いかけてくる奇妙な反響からして、まさにトンネルだった。壁の高さと通りの狭さが一種の共鳴箱となり、エンジン音が太鼓の乱打そっくりに虚ろに鳴り響いている。なにも映っていない映画のフィルムが果てしなくほどけていくのを眺めるうちに、だんだん目がまわってきた。やがてぼくは捉えどころのない問題をすっかり忘れ果て、不快な身体的感覚とそれをどうにかしたいという思いだけで頭がいっぱいになった。泣くという罪に、これまた子供みたいに車に酔うという不名誉が加わるのは、どうしても避けなくてはならない。車酔い自体は不快だったけれど、それで頭がいっぱいの状態はむしろありがたかった。これ以上ないほど気が滅入っていたから、そうでもなければまた泣きだしてしまいかねなかった。

そのとき、車がかなり広い大通りに飛び出したようで、急にトンネルの鈍い反響から解放されたかと思うと、ぐっとスピードが緩やかになって動きも安定した。ぼくはことばにならないくらいほっとした。同時に目がつぶれそうに強烈なまぶしさに襲われて、瞬きしながら顔を背け、隣の席のほうを向く格好になった。それを見計らったように、伯父さんが初対面のときに聞いたあの朗らかな声を張り上げた。

「どうだい、ましになったろう?」

こんなふうにまた好意を示してもらっても、それを信じていいのかどうかわからなくて、もやもやした気持ちのまま見ていると、伯父さんがこっちに身を乗り出してブラインドとウィンドウをつぎつぎにあけはじめた。爽やかできれいな空気が勢いよく車のなかを吹き抜けていく。伯父さんはぼくに劣らずこれを求めていたのか、むさぼるように深呼吸をくりかえした。すがすがしい空気がもやもやした気持ちと車酔いを吹き飛ばしてくれたおかげで、ぼくたちが後にしてきた雲の屋根の下では伯父さんも口がきけないほど具合が悪かったか気分が悪かったかしたらしいと、ようやくぼくにもわかってきた。今までの沈黙と無愛想もそれで簡単に説明がつく。

あっという間に元気を取りもどすと、伯父さんはぼくに気遣いの籠ったまなざしを向け、もう大丈夫だよといいながらあたたかくほほえんで、ぼくの腕を取った。さっきと同じようにちゃんと隣にいるよ、いつもきみのことを考えているよといわんばかりだった。「すぐに今までにないくらい元気になるぞ」と伯父さんはいった。「上のここでならちゃんと息ができる」

伯父さんと同じようにぼくもすでに元気を取りもどしつつあった。なにしろ、煌めく馨しい空気、アルプスよりもなお澄んだ爽やかな空気を吸えば、たちまちいやでもその恩恵にあずかることになるのだ——それこそが〈ハイシティ〉の財産であり、そこで暮らす幸運を手にした者たちの奇跡の生命力の秘密でもあった。

「今見えているのがきみのほんとうの新しい家だ」と声がしたけれど、ぼくは早くもひたいに手をかざして天を仰ぎ、高々と頭上にそびえる途方もない建物群に見蕩れていて、ろくに聞いていなかった。

空を塞ぐ堂々たる威容、まばゆい陽光を反射して目も暗む煌めきを放つ無数の窓――。

船から初めてこれを見たときも、巨大ビル群の並外れた荘厳さに感動したものだけれど、これほど近くにそびえているると、またなんと圧倒的なことか！　この息を呑むほどの壮麗さと純然たる美しさは、どんな映画も写真もちっとも伝えてくれなかった。もっとも、あふれんばかりの明るさに目が暗んでいたうえに、太陽が独特の強烈な輝きを放つここの希薄な空気に慣れていなかったせいで、ぼくの目にはすべてがぼんやりにじんで見えた。なにもかもがまぶしかった。ただ、巨大な吊り橋を思わせる幅の広い高架ハイウェイがどこまでものびていて、ところどころで脇道が優美なアーチそっくりに枝分かれして宙に螺旋を描いてのぼりおりしていることだけはなんとなくわかった。慣れない者は二、三日これを使ったほうがいいと伯父さんにいわれて、濃い色のサングラスをもらいはしたものの、やっぱり細部まではよく見えなかった。何百万もの燃える窓から、屹立する艶やかな金属から、輝くボディが長くのびて見えるほどの猛スピードで行き交う自動車から、ありとあらゆる種類の煌めくものから、いっせいに放たれた火矢さながらにこっちへ飛んでくる鋭い陽光に絶えず視覚を攻め立てられて、なにがなにやらわけがわからなかった。至るところで光が煌めいていた。あれがすごいと思えばこれはもっとすごいという具合に、すごいものがたくさんありすぎて、ぼくは少しぼうっとなりながら、まずどこを見ればいいかと途方に暮れたあげく、なにひとつ見逃すまいと絶えず右を向き左を向き首をのばしするうちに、酔っぱらったみたいになってしまった。

「すごい……信じられない……」ということばしか見つからなかった。そのいっぽうで、心の声が「大きすぎる……明るすぎる……すごすぎる……」と抗議しているような気もした。壮麗なのもここまでスケールが大きいと、どこか薄気味悪くもあった。

なんの気なしに視線を落とすと、ずっと下のほうに、揺らめき光る雲の海というか、絶え間なく移ろう色彩の煌めく絨毯が、高楼のあいだに広がっているのが見えて、ぼくは目を瞠った。そして、不意に思い当たった。船からだとひどく不自然に見えたあの雲――息苦しい瘴気を孕んで下の通りに覆いかぶさっていたあの不動の不気味な雲の屋根の、ここは上側にあたるのだ。ぼくの荷物を奪いあっていた、老人の顔をした男の子たち――あの連中や、病気みたいな埠頭の作業員たちは、この荘厳そのものの、息を吞むような光景とはどう見てもそぐわないのではないか?

どうやらここには、なにかとんでもない、恐ろしいほどの落差があるらしかった。到着のこの瞬間、嬉しくて天にも昇る心地になってもよかったのだろうけれど、ぼくはむしろ、突き刺すように強烈な不安を覚えた。こんな気持ちのまま、この驚異の都市にこれ以上足を踏み入れるのはいやだった。明るすぎてすばらしすぎて、ふつうの世界に属すことのできない都市――ぼくはふと、夏空を見上げては空想した雲の城砦を思い出した。草原に寝転がって、だんだん崩れていく形を眺めていると、そのうち揺るぎない地面が溶けだして、空に浮かぶ空想の国よりもなお現実味が薄くなっていくような気がしたものだ。それでも雲の壮麗な宮殿や館は、けっきょくのところ、いつだってぼくの支配下にあった。ぼくは好きなときに自由にそこから出て、家（うち）とお茶の時間と家族や友達のいる揺るぎない世界へとちゃんともどることができた。それが今は……。

なんだか無性にあのおんぼろ貨物船にもどりたくなった。あの船は故郷との、なくなってしまった幸せな過去との、最後のつながりなのだ。船からの連想で、いやでも〈学生〉の非難がましい顔がよみがえった。その顔はぼくの心の目の前にあらわれたかと思うとたちまち消えて、小銭が拾えなかった男の子の泣き顔に溶けこんで、やがてはそれも消え去った。柔らかく煌めく雲の絨毯が下の通りを隠しているように、なにかがぼくからその記憶を取りあげて隠そうとしているのではないかという、奇妙な感覚だけが残った。捉えどころのないふたつの顔は、それにまつわる出来事もろとも、なにかよくわからない方法で記憶から抜き取られてしまったようにも思えた。なんだか気に食わなかった。選択能力のある手に頭の中身を整理整頓されていくつかを没収された、そんな感じがして――なのに、脳内でくりひろげられるこの現象に抵抗する術がないのだ。隣にいる伯父さんだったらこの不自然な干渉を止めてくれるのではないかと、ぼくはすがる思いでそっちを見やった。このうえなく優しい、励ますようなまなざしが返ってきた。けれど、頭のなかで起きていることを口で説明するのは難しかった。そんなわけで、けっきょくぼくはなにもいわなかった。不安が消えたからというより、一時的に没収された記憶はすぐにも鮮明かつ完全な形でもどるだろうという気がしてきたからだ。

そのとき逸速く伯父さんが、落ち着いた頼もしい声で話しはじめた――今は奇妙に感じるかもしれないが、ここで暮らしはじめればじきに単純にして明快に物事を見られるようになるから心配いらない。これから新しい世界に足を踏み入れようとしていることを忘れないように。故郷とはいろいろちがうだろうから、一度になにもかも理解できるはずがない。もっとも、過去を忘れるためにも新しいものに触れるのはいいことだ。過去を懐かしんでばかりではなにも始まらない。わたしにいわせれば、幸せは悲しみから生まれるものだ。ともあれ、わたしには妻子もいないし、きみを息子として受け入れて、ありとあらゆる最高の教育を与えることにしようと思う。ただし、まだ勉強のことは考えなくていい。まずはわたしのことを、新しい環境のことを、ゆっくり時間をかけて知ってほしい……。

「確かに目新しいことばかりだろうが、ホームシックになる心配はないよ」と伯父さんは締めくくった。「ここでは誰もが調和のなかで暮らしている。素直にいわれたとおりにしていれば、きっときみも最初から馴染めるとも」

伯父さんの話を聞いているうちにどんどん緊張がほぐれていって、もやもやした不安もだいぶ薄らいでいたのだけれど、最後の一言ですっかり気が楽になった。いわれたとおりにしているだけでいいとわかって、ぼくは心の底からほっとした。もちろん、毎日きっといわれたとおりにするつもりだった。ぼくはやっと肩の力を抜いて、背中にまわされた伯父さんの腕におだやかな気分で身を預けた。感謝と愛情、そして、夢のような安心感が込み上げてきた。子供時代を象徴するすべてを、車と乗っていた人間もろとも奪ったあの事故以来、こんな気持ちになるのは初めてだった。

ふと気づくと、あの事故が今は遠いものになっていた。伯父さんが自らのことばと存在によって、あれをついこのあいだの忌まわしい悪夢から過去の出来事へと変えてくれたのだ。おかげでぼくは、激しい悲しみに身を裂かれることなく心おだやかに悼むことができるようになった。悲しみはかならず終わると、きみの悲しみの時は尽きたと、それをぼくに伝えることで、伯父さんは衝突事故の恐怖からぼくを解放してくれた。そう――最初に事故の知らせを聞いたときからずっと、夢を見ても空想をしてもいつもそのことばかりだった。それほどまでに自分があの事故に取り憑かれていたことが、解放された今やっとわかった。急に、過去がぼんやり霞む遠い景色に見えてきた。ぼくはそっちに背を向け、生と光に顔を向けようとしていた。伯父さんもいったじゃないか、そろそろまた楽しみなさい、と。

伯父さんは率先して陽気で魅力的な道連れとなって、ドライブの最中も見所をあちこち指さしながら、笑いとおし、しゃべりとおした。伯父さんがこんな調子のときには、好きにならずにいられない。

母さんも、崇拝していた兄がぼくの面倒を見てくれると知ったらきっと喜ぶだろうと、そんな思いが頭をよぎる。伯父さんの笑顔に閃く白い歯が連想を呼んで、ぼくはあの古い写真のことを伯父さんに伝えた。大昔のスナップ写真が大切にされていたと聞いたときの伯父さんの喜びようときたら……。それを見て、ぼくはなんともいえない気持ちになった。伯父さんは妹である母さんのことをずいぶんかわいがっていたにちがいない、こんなつぶやきが聞こえた。「予定を先延ばしにしないで会いにいってさえいれば……」伯父さんが会いにこようと思っていたとはまったく聞かされていなかったから、ぼくは驚いた。

ともあれ、ぼくの気持ちは伯父さんへの感謝でいっぱいで、どんな反応だろうと許してしまえた。ぼくは密かに自分の将来を丸ごと伯父さんに捧げ、ぜったいに失望させないぞと固く心に誓った。もう少し年齢がいっていれば、一時間前には見ず知らずだった相手にどうしてこんな急に親愛の情を抱くんだろうと、首を傾げたかもしれない。けれどもこのときは、伯父さんがぼくのために幸福と安全への扉をひらいてくれたように思えたことで充分だったし、伯父さんとの深い絆が感じられて、この厚意にふさわしい人間にならなくてはいけないと思っただけだった。

この時点では〈学生〉も、病気みたいな男の子や作業員も、下層都市そのものさえも、ほんとうに存在しなくなっていた。すべては隣にいる堂々たる姿に覆い隠され、ぼくの記憶から消えていた。

伯父さんの姿だけが、ほかのあらゆるものを締め出して、この世界を満たしていた。

ぼくは幸福感に後押しされて〈ハイシティ〉へと足を踏み入れ、驚異の念に打たれながら飽きることなく眺めまわした。なにひとつ疑いもせず、歓喜と興奮のあまり、無数の窓の目で空の高みから見下ろす巨大な存在に怯えるどころではなかった。ただ、ぼくの到着の物言わぬ監視者たちが、謎めいて厳めしく頭上にそびえていることだけは、意識から消えることがなかった。


あれらはどっちの味方だったのだろう？　なにを象徴していたのだろう？　百眼の巨人アルゴスを思わせる監視者たちのことをどう考えればいいのか、今でもやっぱりわからない。片時も離れない謎めいたあの視線に、ぼくは何度となくもやもやする不安を感じた。友人たちは誰もそんなものは感じていないらしかった。まあ、それ以外はあらゆる点で、ぼくもみんなと同じだったと思う。伯父さんの予言は的中して、ぼくはすぐに馴染み、ありとあらゆるすばらしい特権を当然のように素直に享受して、それが突然奪われることがあるなどとは夢にも思わなかった。

ぼくの不安感は抑圧された罪悪感の残滓だったのかもしれない。初めのうちは記憶が妙な具合に封じられていたものの、到着の日に目にしたものも、船旅の連れに対する果たせなかった約束のことも、すっかり忘れたわけではなかった。〈学生〉の姿を見ることもなく噂を聞くこともないまま時が過ぎるうちに、船上で吹きこまれた不吉な話が気になりだした——きっと〈学生〉は〈ハイシティ〉への上陸を拒否されて〈レーンズ〉とかいうところに追放されたんだ、だとしたらその責任の一端はぼくにあるといっていい、だって伯父さんの関心を〈学生〉に向けさせることができなかったんだから……。なのにあのころのぼくは、敢えて〈学生〉のことを頭から締め出すことで、あの天空を圧する存在が象徴する法に従っているつもりになっていた。

ただ、家と呼べるようになっていた場所から自分が追放された（突然の冷酷で理不尽なやり口だった）のを境に、〈学生〉のことをすっかり忘れていても忘れていなくても同じように有罪を宣告されて然るべきだということだけは、やっとわかってきたところだ——とはいえ、巨大高楼群が象徴するイデオロギーについてはやっぱりいまだにわからない。

わからないといえば、伯父さんと疎遠になったことに、子供だったぼくのあの人に対する盲目的な崇拝が多少なりとも影響していたのかどうか、それもやっぱりわかりようがない。ぼくが成長するにつれて、伯父さんとの関係には少しずつ亀裂が入りはじめていたのだけれど、はっきり目に見えるほどのものではなかったから、最後の最後までぼくはそれに気づきもしなかった。

ぼくは単純に、伯父さんの仕事がますます忙しくなったのだろうと思っていた。大学に行くようになるころには、一日一回、毎朝二、三分顔を合わせればいいほうで、そのあと伯父さんはまた二十四時間ぼくの生活から出ていった。あの人のことだから、そのあいだにあの巨大な自動車を駆って火星にでも行っていたのかもしれない。

学校の成績は悪くなかったのに、伯父さんはぼくに満足するどころか失望してさえいるようすで、わけがわからなくて呆然としたことを覚えている。どこかで伯父さんの期待に背いてしまったのかもしれない。そのことを話しあおうとはしたのだけれど、気後れしてことばに詰まるばかりで、なにもいえずに終わってしまった。要するに、子供のころの屈託のない自然な態度を改めたはいいものの、それを大人同士の関係に置き換えられなかったということなのだろう。いや、状況を改善できなかったというべきか。そう、すでに状況はかなりひどかったというか、とうに限界点を超えてしまって、ぼくの手には負えなくなっていたように思う。

考えてみれば、ぼくはずいぶん無精で身勝手だった。伯父さんを求めようとしなかったし、もっと近しい関係を築く努力もしなかった。とはいえ、それが真相というわけでもない――少なくとも、真相のすべてではない。ぼくがあらゆることで悩み、迷っていたのは確かだ。ぼくの頑なな心を解して口をひらかせるのは伯父さんにとってはたやすいはずだし、そうなればきっとなにもかも遠慮なくぶちまけられる――そんなふうにぼくは信じていた。もっとも、それ以上はなんともいえない。せっかく与えてもらったチャンスを、ぼくは拒絶したのだから。

その夜たまたまぼくは学生の溜まり場のようになっているカフェへ行こうとしていて、伯父さんはなぜだか行かせたくなさそうだった。急に帰宅した伯父さんは、驚いているぼくに向かって、今夜ぐらいいっしょに過ごせないかといったのだけれど、この人はきっとぼくが足繁くカフェに通っていることを聞きつけて二度と行かせまいとしているにちがいないと（それを裏付けるようなことをいわれたわけでもないのに）、そのときぼくはそんなふうに思ってしまったのだ。

家を飛び出したとたん、今の無礼な態度はまずかったんじゃないかと気になった。伯父さんのもとへもどろうかとも思った。出がけに見た伯父さんの顔は思いのほか悲しそうで、同時に、見たこともない厳しさのようなものがそこに見て取れた気もして、不安な気持ちが弥増した。なにか取り返しのつかないことが起きてしまったというような、奇妙な感覚が拭えなかった。朝になってから謝ればいいさと、ぼくは何度も自分にいい聞かせた。そのくせ、すぐ引きかえしてなんとしても事態の収拾に努めないとほんとうに終わりだという強烈な思いが突き上げてきた。今思えば、あんな末期的状況でも収拾がつく可能性があったかどうかは甚だ疑問だ。ただ、そうしていたら、努力しなかったと自分を責めずにすんだのはまちがいない。われながらいまだに謎なのだけれど、どうしてぼくは突き上げる思いに従う代わりに、混乱したつらい気持ちから逃げるように先を急いだりしたのだろう？　おかげで約束の場所には時間よりだいぶ早く到着することになった。

友人たちが来るまでとりあえず時間をつぶそうと、ぼくは夕焼けに染まる広々としたガーデンテラスをぶらついた。〈レーンズ〉の住人に対する以前からの関心は、そのときでさえ完全になくなっていたわけではない。いろいろ気も漫ろだったとはいえ、年寄りの園丁の姿だけは目に入った。例の独特の制服を着た園丁は、ぼくがあらわれると溶けるように姿を消した――たとえぼくらのあいだで作業をしていても、あの連中はいつだってそんな調子だったから見かけることはめったになかったのだけれど、消えろと命じられていたのか、自発的に消えていたのか、それはだれも知らなかった。ぼくはたちまち園丁のことを忘れ、手摺まで行って寄りかかった。そうやってぼんやりと下を眺めるのがぼくの習慣だった。いつも、今日はどうかなと思いながら下のようすを観察したものだ。じつは雲の床が周期的に消えるという話があった。もっとも、知りあいでそんなものを見た人間は誰もいなかったから、ぼくが本気でそれを信じていたかといえばそうでもなかった。目下の思いはその問題とはおよそ懸け離れていた。そうだ、とぼくは決心した――明日の朝、伯父さんと顔を合わせたらカフェに出入りしていることを打ち明けて、もう二度と行かないと約束しよう……。難しくはなさそうだった。というのも、このあとの夜の約束がだんだんどうでもよくなってきていたからだ。そんなわけで、友人たちと会う時間になって、ぼくは億劫だなと思いながら手摺りに背を向けた。

それまでテラスのこのあたりには誰もいなかったのだけれど、今になって幼い娘の手を引いた女性がこっちへ来るのが見えた。ぼくはそれをあと少しここにいる言い訳に使わせてもらうことにして、ふたりとあたりさわりのない会話を交わした。そのうち、ちょっとだけ子供をかまってやりたい気持ちが湧いてきて、ぼくは女の子といっしょになってふたたび雲を見下ろした。そのときだ、夕焼けの名残が薔薇色に細波立って薄れていったかと思うと、雲が溶けだして、波頭に立つ虹のようにちりぢりに消えていった。つぎの瞬間、暗く狭い路地が迷路のように穿たれた、都市の支えの巨大な台座が姿をあらわした。ところが、そう思ったのもつかの間、たちまちのうちに雲の床は修復された。ほんとうに一瞬の光景で、幻かと思ってしまいそうだった。けれど、ふたたび路地の迷宮を目にした衝撃は幻で片づけられるようなものではなかった。今回はそこに、うごめくものが見えたのだ——大地に張りめぐらされた巨大な蜘蛛の巣、その糸の一本一本にびっしりと絡め取られた無数の小虫そっくりな、無数の黒い人影……。ここで暮らすようになってからついぞ覚えのない感情が心を抉った。これは胸騒ぎか。いや、身のすくむような恐怖だった。

はしゃぐ子供の質問する声がかすかに耳に届いた。ぼくはわれに返り、母親の確信に満ちた心地よい声に、巫女の声に聞き入るように聞き入った——〈レーンズ〉に住む人たちはいちおう人間といってもいいけれど、わたしたちとはぜんぜんちがっていてね、あそこでとても楽しく暮らしているの。というより、ほかのところでは暮らせないわ。〈レーンズ〉の環境がふさわしいから、外では長く生きられないし、ちっとも落ち着けないのよ……。それはお馴染みの説明で、ぼくも何百回となく聞かされて頭から信じこんでいた。なのに今は、なんの慰めにもならず納得もできなかった。いっぽう子供のほうはすっかり気が済んだようで、母親を従えて、跳ねるように楽しげに行ってしまった。ぼくはその場で、悪夢に囚われたように凍りついていた。何年ものあいだ抑えこんでいた記憶が、意識の縁(へり)を乗り越えようとしていた。

ぼくは去ってゆく母娘をぼんやりと見送った。ふたりの姿が視界から消えて、ふと気づくと、さっきの年寄りの園丁がいつの間にかもどってきて、すぐそばに立っていた。そんなそばだと、女のいったことも全部聞こえたにちがいない。いや、園丁が見つめているのはぼくだった。おかしな、物狂おしいような目つき——いったいなんのつもりだろう? どことなく気味の悪いやつだった。〈ハイシティ〉の人間を前にして隠れもせずに近づいてくるなんて、〈レーンズ〉の住人らしくない。ぼくはもっとじっくり男を観察した。あらためて見ると、年寄りだと思ったのは勘ちがいだった。ぼくよりさほど年上ではなさそうだ。単なる時の流れなどではない、もっと暴力的な手段——たとえば外科手術のような大胆な手段で、いわゆる若さの素とでもいうものが、園丁の顔からは剝ぎ取られていた。

陽が沈んだというのにそれがはっきり見て取れるほど、園丁はぼくのそばにいた。巨大ビル群のてっぺんの鋭い輪郭はすでに夕闇に紛れて朧げだった。急に建物の存在が苦しいほど迫ってきて、頭上にのしかかるひんやりと重たい空気として感じられた。折しも冷たい猫の目めいた窓がつぎつぎと開け放たれて、ぼくをしばしば不安にさせるあのまなざしが降りそそいだ。今この瞬間におまえの命運は尽きたといわんばかりに、凍るような金の目にいっせいに責め立てられた気がした。と、フラッドライトが点いて、花の盛りの周囲の木々を照らし出した。

内側から光を放つかに見える一面の花群が目に飛びこんできた。色とりどりの花房や散り敷く雪白の花弁(はなびら)が、突如として輝きだしたというふうだった。咲き乱れる花のなか、およそ似つかわしくない花輪と花綱をまとい、〈レーンズ〉の男は若さを毟(むし)り取られた顔をさらし、にわかに吹き出たらしい汗でてらてらと光らせて、そのあいだもまじろぎもせずに、暗く、切なく、責めるようなまなざしをこちらに注ぎつづけた。ああ、恐ろしいほどに見覚えのある、そのまなざし……

一年中じめじめと濡れたこの暗いトンネルを探りさぐり歩く日々がつづけば、いつかまたあいつと会うことになるはずだけれど、そのときぼくにはちゃんとあいつとわかるだろうか。あっちがぼくをわかるかといえば、以前のぼくしか知らないのだから、とうてい無理そうだ。〈レーンズ〉で暮らすようになると、人は途方もなく変わる。短期間で深く満遍なく変化して、見た目がすっかり別人になってしまう。肉体が変わると、思考パターンも変わる。ぼくが驚いたのは、人間の肉体の適応力だ。かつては上に広がる世界で太陽の光と爽やかな空気を存分に味わった肉体も、鋳型に押しこまれたみたいに、高楼群の岩そっくりな台座に穿たれた亀裂や地下迷路の暮らしに向いた造りになってしまえる。〈ハイシティ〉の明るく爽やかな環境に馴染んだ生物は、徹底的に改変されないかぎり、冷たい雲の天井の下のぼくらの世界では——永遠の湿気と闇のなかでは——生きられない。この〝順化〟の過程は容易ではなく、とてつもない精神力と生命力を消耗するため、一目で下で暮らす人間だとわかる憔悴と衰弱が外面に刻まれる。面容のやつれは重病や早すぎる老化ではなくて、体力と気力の完全な喪失によるものなのだ。そこに内面の無関心で悲観的な傾向が加わるのだけれど、急激にそうなっていくのはこの身で実証済だ。

ここに来たばかりのころのぼくは、自分は冤罪の犠牲者だ、それは自分だけではなく誰の目にも明らかなはずだと、信じて疑わなかった。あの時期は、伯父さんはもちろん、教授陣や個人指導教官にもそれこそ何通も何通も手紙を書いて、なにかとんでもないまちがいがあったのです、話を聞いていただければすぐにも正されるはずです、と力説した。初めのうちは返事がないことに対して苛立ちと困惑ばかり感じたけれど、その感情はほどなく不安と焦燥に取って代わられ、書く手紙の調子も憤慨より懇願の色が濃くなっていった。なんのことはない、ここの空気がとっくにぼくにも影響をおよぼしはじめていたわけだ。

とくに不可解きわまりないのは伯父さんの沈黙だった。なんにせよ、あれだけ親切にしておいて、ぼくの命運が尽きたから見捨てるつもりだとは考えにくかった。唯一考えられるとしたら、以前は当然のように享受していたあらゆるものに対する感謝の念をぼくに教えるために、わざとしばらくここで過ごさせようとしているということくらいだった。これからはがんばって伯父さんとほんとうに親密な関係を築くんだと決心したぼくは、これまで足りなかったものを一刻も早く償いたくて居ても立ってもいられなくなり、こっちの熱意と誠意を証明して伯父さんの信頼を取りもどすという和解のシーンを来る日も来る日も想像して過ごした。

けれどそんな想像も、伯父さんのオフィスから届いた短い手紙によって唐突に終わりを迎えることになった。常任首席サイバネティックス顧問とその友人たちへのいやがらせはおやめいただきたいというにべもない要請の手紙で、下っ端事務官のサインがあって、かさばる包みに添えられていた。包みの中身は今までぼくが書いた手紙だった——一通残らず、封もあけられないまま送りかえされてきたのだ。

ここに至ってぼくはやっと自分のほんとうの立場を思い知った。いちばん身近だった人にとうとう永久に見捨てられたというわけだ。たちまち希望は潰え、絶望が襲った。ついこのあいだまでのぼくは、上の連中にまちがいを認めさせるという難題に嬉々として取り組んでいると評判になっていたほどで、自分でも不当な扱いと息絶えるまで戦う覚悟でいた。なのにけっきょく、不当な扱いは前となにも変わらなかった。確かにぼくは恩知らずでわがままだったけれど、こんな酷い罰を受けるいわれはない。とはいえ、どうやら現状では望みはまったくなさそうだった。手紙にしても、宇宙空間に投函していたようなものではないか。それがわかってしまうと、どんな方法で戦っても無駄だという思いが押し寄せてきた。

ぼくはあれだけ何度も手紙を書いて、正当な扱いを求めた。そのあげく、返ってきたのは完全な沈黙だけだった。手紙の調子を居丈高な要求と抗議から要望へと変え、さらに、控え目な嘆願へと変えもした。それでも返ってきたのはやっぱり冷たい沈黙だった。ほかのどんな要因よりも、この無情で非人間的な沈黙こそがぼくの絶望を深いものにした。ぼくを無視するこの対応は、これ以上ないほど酷い一撃にして深い屈辱であると同時に、決して越えられない不動の障壁でもあった。

パスポートも奪われ、すべてのつながりを徹底的に断たれ、存在しなかったかのように忘れ去られたぼくが、こんなにも絶対的で、圧倒的で、自尊心を踏みにじる無関心ぶりを、どうやって非難すればいい？　救いを求めて、奇跡的に向こうの耳に届いたとして、しょせん初めから拒絶される運命にあるのなら、それがいったいなんになる？　絶望のどん底にいたぼくには、もはや必死で自己弁護する意味があるとも思えなくなっていた。たとえ急に判事の前に立たされたとしても、口をひらく気にはなれなかったと思う。

かつて友人と呼んでいた連中のなかに、今のぼくの居場所を多少なりとも気にかけている者が、あるいは今のぼくがぼくだとわかる者が、ひとりでもいるだろうか。上の光のなかで暮らしていたときの自分のことを思い出そうとすると、別の人間のことを思い出そうとしているような気分になる――そう、たとえば、年若い親戚の子のことがふと頭に浮かんで、その生命力と幸運をうらやみながら、あの子とぜんぜん連絡を取らなくなってしまったのはどうしてだっけと首をひねっているような、そんな気分だ。

すべては初めからこうなる定めだったのか。それとも、どこかの時点でぼくがちがう行動をとっていたら、今も変わらず陽光のなかで暮らして、こんなつらい変化に耐える必要もなかったのか。ぼくは悪人ではなかったし、この都市の法を守るのが当然だと真っ正直に信じて、いつだってそうしようと心懸けていた。なのに、どうして然るべき裁きもなしに有罪判決を受けることになってしまったのだろうか。この世界のどこかに、誰でもいい、誰かぼくの味方になってくれる人はいないものか。もしいるのなら、どうやって連絡をとればいい？　そもそも、どうやって見つけよう？

訳者あとがき

アンナ・カヴァンの *A Bright Green Field and Other Stories* の全訳をお届けする。

一九五八年に刊行された本書は、雑誌等で発表されたものを含む十三の中短篇を収めた作品集で、カヴァン名義の八冊目、作品集の三冊目にあたる。デビュー作にして一冊目の作品集『アサイラム・ピース』（山田和子訳、国書刊行会）で注目され、二冊目の作品集『われはラザロ』（細美遙子訳、文遊社）で「多彩な魅力」を見せてくれたカヴァンだが、この三冊目は、幻想小説風だったり SF 風だったり随筆風だったりとバラエティに富んだスタイルで、なおかつ物語としてリーダビリティの高い作品を配しながらも、カヴァン研究者のデイヴィッド・カラードが述べているとおり、「それまでの、そして、その後の作品に見られる文学的執着のすべてに分け入ろうとする」ような、カヴァンらしさにあふれる一冊といっていい。

この〝カヴァンらしさ〟には、たとえば不安や恐怖や孤独といった感情に対する敏感さ、あるいはそれらの感情を描写する緻密で繊細なことばの選びかたが含まれると思うが、もうひとつ、比喩を多用して自在に情景を形容する力と鋭い色彩感覚を忘れるわけにはいかない。

これはカヴァンが天分豊かな画家でもあったことと決して無縁ではないだろう。カヴァンは一九二〇年代にロンドンのセントラル・スクール・オブ・アーツ・アンド・クラフツ（現ロンドン芸術大学セントラル・セント・マーティンズ・カレッジ・オブ・アート・アンド・デザイン）で学び、文筆業に劣らず画業にも真剣に取り組んだ。にもかかわらず、絵画作品が短絡的に評価されるのを嫌い、存命中の一九三五年に一度個展を開催しただけで、ほとんどの作品を手元に置いて公開も売却もしなかった。カヴァンの死後は、ピーター・オーウェン（カヴァン作品やカヴァン関連書を刊行しつづけた出版人）を始めとする友人たち数人が絵画を引き取って保管していたが、二〇〇五年、その大部分を網羅した図録が刊行されるに至って、初めて画家としてのアンナ・カヴァンに光が当てられることになった。インターネットで検索すると自画像を中心とした代表的な絵画作品がヒットするので、ぜひご覧いただきたい。カヴァンの小説に対する共感がいっそう深まることと思う。

カヴァンの小説は絵画だけでなく彼女の人生そのものとも切り離しては語れない部分があるが、そのあたりは既訳作品の序文やあとがき等ですでに何度か触れられているので、ここでは割愛する。本書の収録作はすべて予備知識なしに読んでも存分に感じ、味わい、楽しんでいただけるはずだ。とはいえ、発表の時期が一九四〇～五〇年代であることを考慮して、作品が書かれた背景などにまつわる情報を少しだけ作品別にまとめておく（タイトルのあとの年号は初出発表年、年号無記載のものは本書の書き下ろし）。

「草地は緑に輝いて（A Bright Green Field）」
カヴァンの特徴である研ぎすまされた感性、奔放な想像力、鋭い色彩感覚が凝縮された、表題作にふさわしい作品。「輝く草地」のタイトルで西崎憲氏の邦訳がある（『短篇小説日和——英国異色傑作選』、筑摩書房）。

「受胎告知（Annunciation）」
大天使ガブリエルが聖母マリアに懐胎を告げるという新約聖書のエピソードを、祖母と乳母に虐げられて育った少女メアリを主人公に語りなおした苦く切ない物語。現地人の庭師が「ガーデンボーイ」、ドイツ・シェパードが「アルザス犬」と呼ばれており、舞台は第一次大戦後まもないころの南アフリカだと思われる。当時の南アフリカは大英帝国に属す自治領だった。

「幸福という名前（Happy Name）」一九五四年
いかにも英国らしいグロテスクなユーモアの漂う作品。ミス・レティの服装は一九〇〇〜一〇年ごろのスタイルで、絵のなかのカントリー・ハウスは新古典主義建築だろう。ドラマ『ダウントン・アビー』を思い浮かべていただくとイメージしやすいかしれない。一九五〇年代後半、カヴァンはケンジントンに自ら設計した家を建てて移り住んだが、執筆と絵画制作に使う部屋には母親の残した金箔貼りのハープが置かれていたそうだ。夢の一シーンに出てくるのはこのハープのイメージか。

「ホットスポット（One of the Hot Spots）」一九四五年

東南アジア滞在時の体験をもとに書かれた随想風の作品。カヴァンは生涯にわたって世界各地を旅してまわった。スマランはジャワ島にある港町で、インドネシア五大都市のひとつでもある。タイトルになっているホットスポットは、なにかの頻度や値が高かったりなにかの活動が活発だったりする地点や場所を指すことば。なお、カヴァンの父親は南アフリカ行きの船から身を投げて命を絶ったという。カヴァン十歳のときのことだった。

「氷の嵐（Ice Storm）」一九四二年

氷に浸食される世界というモチーフは、いうまでもなくカヴァン最後の作品にして最も有名な『氷』（山田和子訳、筑摩書房）につながるものだ。作中に登場する映画は、一九四〇年に公開されたセシル・B・デミル監督の『北西騎馬警官隊』。「氷の嵐」と訳したアイス・ストームとは、氷点下でも凍らないまま過冷却状態で降ってきた雨が木や地面に触れた瞬間に氷になる気象現象で、物語の舞台であるコネチカットでは珍しくない。

「小ネズミ、靴（Mouse, Shoes）」

愛情あふれる家庭に引き取られて幸せになることを夢見て暮らす、引っ込み思案な孤児の少女の物語。カヴァンの小説で登場人物に名前のあるケースは少なく、象徴的な意味を持つ場合が多いが、この作品の「フェリックス」の語源となるラテン語の意味は「幸運」。ちなみに、「小ネズミ」と訳した「mouse」には「臆病な人」のほかに「恋人」の意味もある。

「或る終わり（The End of Something）」

カヴァンは一九四〇年ごろカリフォルニアに滞在したことがあり、そのときの体験をもとに書かれたと思われる。ヘミングウェイの一九二五年の作品に、男女の心の擦れちがいを男性視点から描いた同じ原題の短篇がある（「なにかの終焉」「ある訣別」「事の終り」などの邦題で訳されている）のだが、同じテーマを女性視点で描いたらどうなるかというカヴァンの実験がこの作品だと考えるのは、穿ちすぎだろうか。

「鳥たちは踊る（The Birds Dancing）」

カヴァンの絵画的な感性が堪能できる幻想的な作品。前半の冷たく茫洋とした雰囲気から色彩と神秘と残酷な美に支配される後半への転換は衝撃的だ。先に触れた二〇〇五年刊行の図録には白鳥の絵が二点収められている。カヴァンは絵の制作年をいっさい記録していないため、白鳥の絵が描かれた時期も状況も不明だが、この二点は物語の一シーンをイメージしたものだろうか、それともこの二点がきっかけで物語が生まれたのだろうかと、想像を掻き立てられる。

「クリスマスの願いごと（Christmas Wishes）」

青くあたたかく自由な世界と無色の冷たく孤独な世界との対比が印象的な、『アサイラム・ピース』の諸作品にも通じる雰囲気を持つ作品。フライデーは『ロビンソン・クルーソー』に登場する召使いのこと。カヴァンの小説では、この作品のスズメを始め、「受胎告知」の鳩と鷹、『あなたは誰？』（佐田千織訳、文遊社）のチャバラカッコウの鳴き声など、鳥そのものや鳥の鳴き声やはばたきの音などが、心象風景の描写に効果的に用いられているように感じる。

「睡眠術師訪問記（A Visit to the Sleepmaster）」一九五三年

睡眠術師が幅を利かせる世界という設定のもと、ケースレポート風の体裁をとって書かれたユニークな作品。豹変する世界というテーマはカヴァンならではのものだ。

「寂しい不浄の浜（Lonely Unholy Shore）」

バリ島とおぼしき島の詳細な描写が美しい。「大木の裸の枝に魔法のように燦爛と咲き誇る」のは、熱帯の桜といわれるジャカランダだろう。ルイジアナ出身の石油技師が足の水かきの話を持ち出すが、バイユーカントリーとも称されるルイジアナ南部で生まれ育った人は湿地や沼地を歩きまわってばかりいるから足に水かきがある、という冗談めいた話が、アメリカでは一九六〇年代ごろまで実際に流布していたようだ。

「万聖節（All Saints）」一九四三年

〝フランスの万聖節〟をキーワードにして自由連想の手法で書かれた散文詩風の小品。万聖節、すなわち諸聖人の日に、フランスでは白い菊の花を持って墓参するのが一般的だという。〈チンザノ〉はベルモットで有名なイタリアの酒造会社。青は聖母マリアを象徴する色で、宗教画の聖母マリアはつねに青いマントを羽織った姿で描かれる。「ああ、失せにしその手に触れ、黙せしその声を聞けるものなら……」は、テニスンの詩「砕け、砕けよ、砕け散れ」（西前美巳編『対訳 テニスン詩集』、岩波書店）の一節。棺は長方形がアメリカ風、長六角形が英国風。リリー・ラントリーはエドワード七世のロイヤル・ミストレスだった美女で、女優として成功をおさめ、ラファエル前派の画家であるジョン・エヴァレット・ミレーの『ジャージー・リリー』のモデルとしても有名。カヴァンはフランス生まれで、二番目の夫と出会ったのもフランスだった。

「未来は輝く（New and Splendid）」

カフカ的とも評されるカヴァン作品だが、本書の三分の一あまりを占めるこの中篇は、カフカの『失踪者』（別題『アメリカ』）へのオマージュであると同時に、その枠を超える力作といえるだろう。舞台はニューヨークを思わせる壮麗な超高層都市〈ハイシティ〉。語り手の「ぼく」は事故で両親を亡くし、船で〈ハイシティ〉へと渡って常任首席サイバネティックス顧問をつとめる伯父に迎えられるが、やがて科学力を誇る美しい都市の真実を知る……というミステリアスでＳＦ色の強い作品だ。一九四〇年代に登場したサイバネティックスという用語を逸速く使っている点、感情操作や記憶改変をにおわせる描写が見られる点など、読みどころが多い。なお、アルゴスはギリシャ神話に登場する百の目を持つ巨人。孔雀の尾羽の模様はアルゴスの目だともいわれる。

英国では二〇〇九年にアンナ・カヴァン・ソサエティが設立され、カヴァン再評価の旗手として、関連イベントを開催するといった積極的な活動を展開している。また、カヴァン没後五十年の二〇一七年には『氷』の新装版が、二〇一九年には研究者であるヴィクトリア・ウォーカーが編んだ短篇集 *Machines in the Head: Selected Short Writing* が刊行されるなど、ピーター・オーウェン・パブリッシャーズを中心にカヴァン作品の紹介も着実につづけられている。カヴァン作品でくりかえし語られる孤独、疎外感、絶望といった感情が現在ほど身につまされる時代はないかもしれない。日本でも今後、何作か残されている未訳作品が刊行され、再燃したカヴァン・ブームの火が絶えないことを強く願っている。この『草地は緑に輝いて』がその一助となれば、こんなに嬉しいことはない。

なお、本書の訳出にあたっては、作品内の時代設定をなるべく活かすような訳語を使用した部分もあるが、不適切と感じられる場合はすべて訳者の責任であることを申し添えておく。

最後に、本書を訳す機会を与えてくださり、翻訳作業を辛抱強く見守ってくださった文遊社編集部の久山めぐみ氏に心より感謝いたします。

安野玲

本稿を書くにあたっては、*Anna Kavan: An Illustrated Catalogue, with text by Jeremy Reed*（ア・ルーシャス／パンク・デイジー・パブリケーション、二〇〇五年）、*The Case of Anna Kavan: A Biography*（デイヴィッド・カラード著、ピーター・オーウェン・パブリッシャーズ、一九九二年）、*A Stranger on Earth: The Life and Work of Anna Kavan*（ジェレミー・リード著、ピーター・オーウェン・パブリッシャーズ、二〇〇六年）、"The Fiction of Anna Kavan (1901-1968)"（ヴィクトリア・カーボーン・ウォーカー著、クイーンメアリー大学博士号取得審査用論文、二〇一二年）、カヴァンの既訳書、また、ウィキペディア、The Encyclopedia of Science Fiction、アンナ・カヴァン・ソサエティのホームページを始めとするインターネットの情報などを参考にしました。ここに記して御礼申し上げます。

訳者略歴

安野 玲

1963年生まれ。お茶の水女子大学卒業。訳書にジーン・ウルフ『ナイト』『ウィザード』（以上、国書刊行会）、スティーヴン・キング『死の舞踏』（筑摩書房）、フィリップ・リーヴ《移動都市クロニクル》全4巻（東京創元社）、ジョー・ヒル『怪奇日和』（共訳、ハーパーコリンズ）などがある。

草地は緑に輝いて

2020年2月1日初版第一刷発行

著者 : アンナ・カヴァン

訳者 : 安野 玲

発行所 : 株式会社文遊社

東京都文京区本郷 4-9-1-402　〒113-0033

TEL: 03-3815-7740　FAX: 03-3815-8716

郵便振替 : 00170-6-173020

書容設計 : 羽良多平吉 heiQuicci HARATA @ EDiX with ehongoLAB.

本文基本使用書体 : 本明朝新がな Pr5N-BOOK

印刷・製本 : 中央精版印刷

A Bright Green Field and Other Stories by Anna Kavan

Originally published by Peter Owen, 1958

ISBN 978-4-89257-129-9

アンナ・カヴァン

チェンジ・ザ・ネーム　細美遙子 訳

夜は夜の魔法を携えている——昼間の美しさよりも難解な美を
輝く金髪、雪花石膏のような肌、うつろな眼差し——
やがて作家となった孤独な少女の半生。本邦初訳

鶯の巣　小野田和子 訳

旅の果てにたどりついた〈管理者〉の邸宅〈鶯の巣〉
不意に空にあらわれる白い瀑布、非現実世界のサンクチュアリ——
本邦初訳

あなたは誰？　佐田千織 訳

「あなたは誰？」と、無数の鳥が啼く——望まない結婚をした娘が、
「白人の墓場」といわれた、英領ビルマで見た、熱帯の幻と憂鬱
自伝的小説、本邦初訳

われはラザロ　細美遙子 訳

強制的な昏睡、恐怖に満ちた記憶、敵機のサーチライト……
ロンドンに轟く爆撃音、そして透徹した悲しみ
第二短篇集、本邦初訳

愛の渇き　大谷真理子 訳

物心ついたときから自分だけを愛してきた冷たく美しい女性、リジャイナと、
その孤独な娘、夫、恋人たちは波乱の果てに——
全面改訳による新版

ジュリアとバズーカ　千葉薫 訳

大地をおおい、人間が作り出したあらゆる混乱も醜悪もその穏やかで、
厳粛な純白の下に隠してしまったときの雪は何と美しいのだろう——
珠玉の短篇集。解説・青山南